Du rennst.

Du hast allen Grund dazu. Deine Beine protestieren, deine Lunge ist kurz vorm Explodieren – du rennst trotzdem weiter.

Rennst und rennst.

Wie dicht ist er hinter dir? Zwanzig Meter?

Zehn Meter?

Weniger. Viel weniger.

Direkt hinter dir?

Weniger.

Das geht nicht!

Doch.

Aber nicht mal, als dein Körper schlapp macht und du zusammenklappst, willst du wahrhaben, dass du nicht weglaufen kannst.

Dass du dich deinem Gegner stellen musst.

Weil du es selbst bist.

LUKAS

1/ Was denkt Lukas über Jule?

DAS MÄDCHEN AUF DER MAUER

Ich heiße Lukas. Lukas Erdmann. Ziemlich langweiliger Name, wenn ihr mich fragt. Aber so heiß ich nun mal – und irgendwie passt der Name zu mir, denn ich bin nicht so der spannende Typ. Ich bin wie die meisten in meiner Klasse zwölf Jahre alt, weder hoch- noch tiefbegabt, habe stinknormale Eltern, keine nennenswerten Probleme in der Schule, keine ausgefallenen Hobbys, keine durchgeknallten Geschwister und auch keine Superheldeneigenschaften. Ich habe auch keine nicht durchgeknallten Geschwister oder irgendwelche anderen erwähnenswerten Eigenschaften. Ich habe nicht mal Segelohren oder Sommersprossen.

Scheiße, bin ich normal!

Später will ich Schriftsteller werden, am liebsten möchte ich Drehbücher fürs Kino schreiben oder so. Meine Mutter sagt zwar, dafür müsste ich mich besser ausdrücken und Wörter wie »Scheiße« auf jeden Fall vermeiden,

JÖRG ISERMEYER

ALLES ANDERE ALS NORMAL

ROMAN

GULLIVER

Ebenfalls lieferbar:
»Alles andere als normal« im Unterricht
in der Reihe *Lesen – Verstehen – Lernen*
ISBN 978-3-407-62964-7
Beltz Medien Service, Postfach 10 05 65, 69445 Weinheim
Kostenloser Download: www.beltz.de/lehrer

FSC www.fsc.org MIX Papier aus verantwortungsvollen Quellen FSC® C089473

Klimaneutral Papier ClimatePartner.com/13732-1910-1001

Dieses Buch ist erhältlich als:
ISBN 978-3-407-74700-6 Print
ISBN 978-3-407-74573-6 E-Book (EPUB)

in der Verlagsgruppe Beltz · Weinheim Basel
Werderstraße 10, 69469 Weinheim

Neue Rechtschreibung
Umschlaggestaltung: formlabor Hamburg
Layout: Nancy Aprile
Druck und Bindung: Beltz Grafische Betriebe, Bad Langensalza
Beltz Grafische Betriebe ist ein klimaneutrales Unternehmen
(ID 15985-2104-100).
Printed in Germany
8 9 10 11 26 25 24 23

Weitere Informationen zu unseren Autor:innen und Titeln
finden Sie unter: www.beltz.de

aber meine Mutter hat keine Ahnung. Im Kino sagen sie ständig »Scheiße« und in den Krimis auch, zumindest in denen, die mein Vater liest. Aber zu Hause sage ich solche Wörter natürlich nicht. Das gibt nur Ärger. Deswegen sage ich solche Wörter auch sonst nicht oft.

Eben. Weil ich normal bin. Scheißnormal!

Wenn es in diesem Buch nur um mich ginge, würde ich euch auch raten: Lest es bloß nicht! Legt es weg, in die hinterste Ecke eures Zimmers, verscherbelt es auf dem Flohmarkt oder schenkt es irgendeinem aus eurer Klasse, den ihr nicht leiden könnt.

Aber zum Glück bin ich nicht so wichtig, jedenfalls nicht für diese Geschichte. Viel wichtiger ist Jule, und die ist alles andere als normal.

Jule ist …

Jule ist eben Jule.

Zum ersten Mal habe ich Jule an einem Montag getroffen, irgendwo auf halber Strecke zwischen Sommer- und Herbstferien. Ich kam gerade aus der Schule und schleppte mich in Richtung Pestalozzistraße 54. Da wohne ich, nur zehn Minuten von meiner Schule entfernt. Aber irgendwie ist mein Rucksack montags immer besonders schwer, und der Nachhauseweg ist mindestens einen Kilometer länger als sonst. Nie schaffe ich es, pünktlich zum Essen zu kommen. Deswegen ruft mich meine Mutter auch jeden Montag kurz vor der Zielgeraden an und will wissen, wo ich bleibe. Das Handy haben mir meine Eltern gekauft, zur Sicherheit, wie sie sagen. Damit ich anrufen kann, falls was passiert. Aber meistens ist es umgekehrt und meine Mutter ruft mich an. Ohne dass was passiert ist.

So wie an diesem Tag.

Direkt an der Ecke Pestalozzistraße röhrte das Ding los. Mein Handy hat einen echt fiesen Klingelton, so ein BROOOOAAHR!!!! Der ist original von Jabba the Hutt, dieser Monsterkröte aus Star Wars*. Den Ton habe ich mir draufgeladen, damit sich die Leute erschrecken, wenn ich angerufen werde. Aber meistens erschrecke ich mich nur selber.

So wie jetzt.

Kaum hatte ich das Teil aus meiner Hosentasche gefriemelt, redete meine Mutter auf mich ein: »Lukas, wo bleibst du? … Trödel nicht so! … Das Essen wird kalt! … Ich mach mir Sorgen!«

Diese Leier eben.

Und ich dann: »Nein, Mama, ich bin gleich da … Weiß ich doch, aber … ich hab nicht getrödelt, nein, ich … wir hatten eine Stunde länger … Hab ich dir aber gesagt … doch, hab ich … ja, dann esse ich eben kalt … ja, bis gleich.«

Fast wäre ich deswegen an Jule vorbeigelaufen. Es waren nur noch ein paar Schritte bis zu unserer Haustür,

* Eine Sache habe ich vergessen, euch zu sagen: Ich bin Star-Wars-Fan. Für alle, die das nicht sind, gibt es ein paar Erklärungen extra. Wenn ein euch unbekanntes Wesen oder ein fremder Planet auftaucht, einfach hinten im Buch nachsehen. Dann müsst ihr nicht sämtliche Filme gucken, um zu wissen, wovon ich rede. Auch wenn ich euch das natürlich empfehlen würde – also, die Filme anzugucken.

und in Gedanken saß ich schon am Computer bei Star Wars Battlefront 2. In dem Spiel kann man ganze Planeten erobern und in die verschiedensten Figuren aus der Star-Wars-Saga schlüpfen. Und ich war kurz davor, den nächsten Level zu knacken. Außerdem hat mir Jule nicht gerade zugewunken, sie hat mich nicht mal gesehen. Stand mit dem Rücken zu mir auf einem Mauervorsprung, ohne sich zu rühren. Wie eine Wachsfigur aus diesem Museum, wo ich mal war. Stand da und spähte durch ein Fenster in eine Wohnung im Hochparterre.

Ich blieb stehen.

War die überhaupt echt? Ich meine, die Leute hängen sich auch lebensgroße Weihnachtsmänner an den Balkon. Außerdem kenne ich die anderen Kinder aus der Pestalozzistraße, zumindest vom Sehen. Und die hier kannte ich nicht.

Wäre ich weitergegangen hätte mir das eine Menge Ärger erspart. Aber Mauern hochklettern und heimlich in andere Wohnungen glotzen – das macht man doch nicht. Nicht in meiner Straße. Nicht in der Pestalozzi. Zumindest nicht ohne Grund. Und den musste sie mir erst mal nennen!

Ein Indianer hätte sich jetzt angeschlichen und sie erschreckt, aber das ist nicht so mein Ding. Selbst wenn weit und breit kein Ast zu sehen ist, knackt irgendetwas unter meinem Fuß. Und wenn nicht, muss ich niesen. Also blieb ich stehen und wartete, dass sie mich bemerken würde.

Aber das Mädchen bemerkte mich nicht. Es knackte ja auch kein Ast.

»Ähm …?«

Unser Klassenlehrer räuspert sich in solchen Fällen. Wir haben dann immer ein schlechtes Gewissen, selbst wenn wir nichts gemacht haben.

»Ähem!«

Anscheinend klang es bei mir nicht halb so eindrucksvoll. Jedenfalls rührte sich das Mädchen nicht.

»Ähemmm!!«

Immer noch nichts. Ich probierte es mit Reden.

»Was machst du da?«

»Geht dich nichts an.«

Ohne sich umzudrehen! Die hatte es nicht mal nötig, zu gucken, wer da etwas von ihr wollte.

»Ich … ich wohne hier aber«, widersprach ich.

»Na und? Ich wohne woanders.«

»Wer bist du überhaupt?«

»Geht dich genauso wenig an.«

Immerhin klang sie nicht aggressiv. Eher so, als hielte sie mich für unwichtig. Aber das konnte ich mir nicht bieten lassen, schon gar nicht von einem Mädchen.

»Ich hab dich aber hier noch nie gesehen.«

»Na und? Dann siehst du mich eben jetzt. Aber putz mal besser deine Brille, damit du mich nicht wieder unnötig anquatschst.«

»Woher …?«

Mir blieb die Spucke weg. Woher wusste die, dass ich eine Brille trage?

Als könnte sie meine Gedanken lesen, drehte sie sich grinsend zu mir um und deutete auf das Fenster vor ihr.

»Schon mal was von Spiegelung gehört?«

Und schon hatte sie sich wieder weggedreht. Aber so leicht ließ ich mich nicht abwimmeln.

»Darfst du das überhaupt?«

»Merkst du nicht, dass du störst?«

Das reichte. So herablassend rede ich nicht mal mit Erstklässlern. Außerdem war das meine Straße und nicht ihre. Hatte sie selbst zugegeben. Wenn hier also einer auf Mauern klettern und in fremde Wohnungen gucken durfte, dann ja wohl ich. Auch wenn mir das im Leben nie eingefallen wäre. Ich brauchte dringend etwas, was meinen Fragen den nötigen Nachdruck verlieh. Hilfe suchend sah ich mich um.

Mein Blick fiel auf einen glänzenden Messingknopf neben der Haustür. Das bescherte mir die Erleuchtung.

»Ich kann auch klingeln und drinnen fragen.«

»Wenn du das machst, dann ...«

Mit einem Ruck drehte sie sich um. Volltreffer! Das überhebliche Grinsen war verschwunden. Stattdessen blitzte sie mich mit ihren grünen Augen an, als wollte sie sich im nächsten Augenblick in einen Feuer speienden Drachen verwandeln. Aber ich hielt ihrem Blick stand. War ja meine Straße. Und das sollte sie endlich mitkriegen.

»Also darfst du das nicht«, stellte ich fest. Ganz sachlich. Dabei verschränkte ich die Arme vor der Brust. Wie mein Vater, wenn er was Wichtiges sagt.

»Hab nicht gefragt«, gab sie zu.

»Und wieso nicht?«

»Mann, das ist doch der Witz. Du kannst doch niemanden beschatten und vorher fragen: Entschuldigung, darf ich sie mal ein bisschen beschatten?«

Jetzt war ich platt. Meine Arme fielen nach unten, und mein Mund stand so weit auf, dass eine ganze Armada Spaceglider hätte reinfliegen können.

»Wohnt da ein Verbrecher?«

Beschatten kannte ich aus Krimis, und da wurden natürlich Verbrecher beschattet. Aber das Mädchen zuckte nur mit den Achseln.

»Keine Ahnung.«

»Ich denke, du beschattest den?«

»Ja, aber noch nicht lange.«

»Und warum beschattest du den, wenn er nichts verbrochen hat?«

»Mann, hau ab! Du nervst.«

Zack, hatte sie sich wieder zum Fenster gedreht. Aber jetzt wollte ich es wissen. Ich machte ein paar hörbare Schritte auf die Tür zu. Hörbare Schritte kann ich besser als Anschleichen.

»Soll ich drinnen fragen?«

Langsam drehte sie sich zu mir um, wieder mit ihrem Drachenblick. Einen Moment sah es aus, als wollte sie sich auf mich stürzen. Ich spannte meine Muskeln an und machte mich bereit. Zur Not würde ich schnell weglaufen. Aber zum Glück entschied sie sich fürs Reden.

»Okay. Ist ein Spiel. Hab ich mir selbst ausgedacht. Ich such mir jemanden aus und folge ihm.«

»Einfach so? Und wenn das einer merkt?«

»Das merkt keiner, nicht bei mir.« Sie pustete sich lässig eine Haarsträhne aus dem Gesicht. »Dem hier bin ich schon zwei Stunden hinterhergelaufen.«

»Zwei Stunden?«

Mein Mund klappte wieder auf. Platz für eine weitere Armada Spaceglider.

»Klar. Vom Kotti übern Ku'damm bis hierher.«

»So weit?« Kommando: Klappe zu. »Glaub ich nicht.«

»Das ist noch gar nichts. Mein Rekord liegt bei sechs Stunden.«

»Angeberin.«

»Du schaffst wahrscheinlich keine sechs Minuten.«

»Na und?« Es wurde Zeit für einen Gegenangriff. »Dafür schaff ich Naboo bei Star Wars Battlefront 2.«

»Na und?«, äffte sie mich nach.

Das ließ immerhin offen, ob sie meine Computerkünste lächerlich fand oder ob sie nicht wusste, wovon ich redete.

»Das ist ein Computerspiel«, klärte ich sie auf.

»Weiß ich doch.«

Hm. Das hätte ich an ihrer Stelle auch gesagt.

»Für mich ist es *das* Computerspiel.«

»Na, dann geh doch zu deinem Computer.«

Und wieder sah ich nur Rücken. Spätestens jetzt hätte ich wirklich gehen sollen. Highscore, ich komme! Andererseits … wenn ich jetzt abhauen würde, gab ich mich endgültig geschlagen. Und das bei einem Heimspiel. Ich probierte es mit einer anderen Taktik.

»Darf ich mal gucken?«

»Nee, das ist mein Spiel.«

Von Teilen hielt sie also nichts. Anscheinend hatte ich nur die eine Möglichkeit. Mit weichen Knien ging ich zur Klingel, hob den Finger und ließ ihn drohend in der Luft schweben. Auch wenn ich mir eher in die Hose gepinkelt hätte, als wirklich zu klingeln.

»Soll ich?«

»Und was ist, wenn er dich bemerkt?«

»Deswegen will ich ja klingeln.«

»Nein. Ich meine, wenn er dich hier erwischt. Hier oben am Fenster!«

Sie sah mich an. Zwar immer noch von oben, aber zum ersten Mal hatte ich das Gefühl, für sie mehr zu sein als ein Störfaktor. Mein Selbstvertrauen wuchs.

»Wenn er dich nicht bemerkt, bemerkt er mich auch nicht.«

»Glaubst du.«

Da hatte sie recht. Das war eher eine Sache von Glauben und Hoffen als eine sichere Bank. Also legte ich noch was drauf.

»Außerdem: Wenn du mich gucken lässt, zeig ich dir, wie man Star Wars Battlefront 2 spielt.«

»Mann, das weiß ich doch.«

»Alle Tricks?«

»Klar. Aber wenn du unbedingt willst …«

Damit sprang sie runter und schaute mich herausfordernd an. Ich konnte es kaum glauben.

Mit allem hatte ich gerechnet, nur nicht damit.

LUKAS

2/ Sprachbilder suchen

KNUDDELALARM

Ich ließ den Finger noch einen Augenblick über der Klingel schweben. Meinen kleinen Sieg wollte ich auskosten, denn die nächste Klippe wartete schon: Außer Anschleichen ist nämlich auch Klettern nicht so mein Ding … und wie ich halbwegs elegant auf diesen Mauervorsprung kommen sollte, darüber hatte ich mir bisher keine Gedanken gemacht. Langsam zog ich den Finger zurück, machte ein paar entschlossene Schritte und schaute zum Fenster hoch.

Rückzug war nicht mehr möglich.

Beim ersten Versuch rutschte ich ab, aber beim zweiten Mal klappte es. Hinter mir hörte ich es glucksen – wahrscheinlich sah ich aus wie ein Kartoffelsack beim Turnen.

»Und, siehst du ihn?«, fragte sie.

Ich drückte meine Nase gegen die Fensterscheibe.

»Nee, da ist niemand.«

»Du musst richtig gucken.«

»Mach ich doch.«

Sie war immer noch am Kichern. Egal, nicht darauf achten. Ich konzentrierte mich voll auf das, was hinter der Fensterscheibe zu sehen war. Oder besser gesagt: nicht zu sehen war. Denn da war niemand, nur ein leerer Flur.

»Der kommt bestimmt gleich wieder.«

Ihre Stimme war jetzt nicht mehr hinter mir, sie kam von der Seite. Leider wurde mir das erst bewusst, als ich drinnen die Türglocke hörte und ein Mann aus einem Zimmer in den Flur trat. Er sah mich sofort.

Ich zuckte zurück.

»He, was soll das?«, rief ich Richtung Haustür, aber da war kein Mädchen mehr.

Stattdessen wurde sie aufgerissen und ein Typ baute sich darin auf, der die Aura von zehn dunklen Sith-Kriegern verströmte. Er stemmte die Arme in die Hüften, dass ich Angst bekam, sein T-Shirt würde vor lauter Muskeln platzen. »ICH BIN ZUM KNUDDELN« stand da weiß auf schwarz. Aber danach sah er nicht aus.

Meine inneren Alarmleuchten blinkten alle gleichzeitig. Signal: Bloß weg hier! Aber meine Beine waren darauf nicht vorbereitet. Sie blieben, wo sie waren, und wurden weich wie Wackelpudding.

»Sag mal, du Spinner! Was machst du da oben? Haben deine Eltern dir nicht beigebracht, dass man nicht in fremde Wohnungen schaut?«

»Ich … ich schau nicht in Ihre Wohnung.«

Das war nicht mal gelogen. Gerade starrte ich nämlich *ihn* an.

»Ja, natürlich nicht. Und was machst du da oben? Fliegen fangen?«

Anscheinend starrte ich ihn an wie ein Frosch den Mixer. Und der lief auf Hochtouren. Ich probierte es mit der Wahrheit.

»Eben war hier ein Mädchen.«

»Ach, ein Mädchen ...«

Das klang nicht so, als hätte ich ihn überzeugt. Ich machte trotzdem weiter. Ehrlichkeit soll ja angeblich belohnt werden.

»Die ist Ihnen seit zwei Stunden gefolgt und ...«

»Das hätte ich ja wohl mitbekommen.«

»... und die hat durch Ihr Fenster geguckt und ...«

»Ich sehe aber nur dich da oben.«

»Die hat sich versteckt.«

»Natürlich, Hokuspokus Verschwindibus.«

»Das stimmt aber.«

»Zu viel Harry Potter geguckt, was?«

»Ich guck lieber Star Wars!«

»Jetzt pass mal auf, Mister Neunmalklug!«

Er machte ein paar Schritte auf mich zu und packte mich am Fußgelenk. Obwohl ich auf dem Mauervorsprung stand und ihm auf den Kopf hätte spucken können, fühlte ich mich wie eine Ameise, auf die ein wandelndes Bergmassiv zuwalzt.

»Du sagst mir jetzt, wie du heißt und wo du wohnst. Und wenn ich dich noch einmal hier erwische, dann werde ich mit deinen Eltern reden.«

So viel zum Thema: Ehrlichkeit lohnt sich.

»Aber …«, quetschte ich heraus. Doch mein Einwand wurde durch ein »Ich warte!« abgeschnitten, das keinen Widerspruch duldete.

Meine Unterlippe fing an zu zittern, meine Augen wurden feucht. Bloß nicht heulen! Bloß nicht heulen! Der Typ sollte mich nicht weinen sehen. Und erst recht nicht die, die schuld an diesem Unglück war. Diese Mistkröte beobachtete mich bestimmt aus einem sicheren Versteck und lachte sich kaputt. Bloß nicht heulen! Den Triumph gönnte ich ihr nicht.

»Wir können auch zur Polizei gehen und deine Personalien feststellen lassen.«

Das war erst recht nicht das, wovon ich träumte. Der Druck gegen meine Tränenschleusen wuchs. Meine Unterlippe diente inzwischen als Kaugummiersatz. Okay, Wasser oder Worte, eine andere Wahl hatte ich anscheinend nicht.

»Lukas Erdmann«, platzte es aus mir heraus. »Ich wohne nebenan, in der 54.«

»Na also, geht doch.« Er entspannte sich, ließ meinen Fuß los und grinste mich kumpelhaft an. »Und wenn ich dir einen Tipp geben darf: Such dir das nächste Mal zum Spionieren eine andere Gegend. Ein bisschen weiter weg von zu Hause. Das ist nämlich nicht gut für die Nachbarschaft.«

»Hm.«

Ich war noch mit Tränenrückbau beschäftigt. Mehr war nicht drin. Aber genau das schien ihn endgültig zu besänftigen. Tröstend tätschelte er meine Wade und brummte etwas wie »Na, schon gut«. Ein Kopfschütteln, ein »Kinder, Kinder«, und weg war er. Ich war heilfroh, dass er mich nicht in den Arm genommen hatte. Das hätte ich bestimmt nicht überlebt.

Sofort tauchte die Mistkröte wieder auf. Breit grinsend.

»Hab ich doch gesagt, keine sechs Minuten.«

Ich drückte die letzten Tränen zurück.

»Du bist gemein.«

»Mann, war nur ein Scherz.«

»Hahaha, sehr witzig.« Ich guckte sie böse an.

Immerhin kam ein genuscheltes »Tschuldigung« von ihr. Als ich darauf nicht reagierte, sah sie mich abwartend an. Ich starrte zurück. Das Spiel kannte ich. Ich würde nicht als Erster weggucken. Einmal verlieren reichte.

Die Stille dauerte keine Minute. Dann röhrte mein Handy los.

BROOOOAAHR!!!!

Fast wäre ich von der Mauer geplumpst. Meine Mutter würde mich noch zu Tode terrorisieren. Rangehen konnte ich nicht. Damit würde ich mir nur einen blöden Kommentar von der Mistkröte einfangen.

Mit der Kraft der Verzweiflung sprang ich von der Mauer und landete ohne nennenswerte Knochenbrüche am Boden. Wütend rannte ich davon.

»He, war nicht so gemeint«, hörte ich sie hinter mir her rufen.

Aber ob das so gemeint war oder nicht, interessierte mich nicht mehr.

Die sah ich hoffentlich nie wieder.

ZIMMERSTURM

Zu Hause ließ ich meine Wut an meiner Mutter ab, indem ich die kalt gewordenen Nudeln mit ordentlich Ketchup verdrückte. Meine Mutter gibt sich immer viel Mühe mit ihren Soßen und reagiert allergisch auf Blutpampe aus der Flasche. Sie schimpft dann über Geschmacksverstärker und die unverantwortliche Nahrungsmittelindustrie, aber an dem Tag war mir das nur recht.

Danach verzog ich mich in mein Zimmer. Der Monitor empfing mich mit einem Sternenhimmel: Unendliche Weiten breiteten sich vor mir aus, das ganze Universum stand zu meiner Verfügung. Ich drückte auf »Enter«, der Bildschirmschoner verschwand und …

… plötzlich wurde ich daran erinnert, dass nur *fast* das ganze Universum vor mir lag. Ein kleiner Teil stand hinter mir und erinnerte mich mit mütterlichem Nachdruck an die Hausaufgaben.

Der Nachmittag versank in einem schwarzen Loch.

Eine gefühlte Ewigkeit später schob ich mit mäßig schlechtem Gewissen meine Schulsachen in die Tasche. Vater sagt immer, ein Mann muss seine Grenzen kennen. Ich schloss daraus, dass ich ausnahmsweise die Lösungen der letzten Matheaufgaben Oskar überlassen konnte, meinem Tischnachbarn. Morgen in der ersten großen Pause war dafür genügend Zeit.

Hoffentlich kam Oskar nicht auf dieselbe Idee.

Ein kurzer Blick zur Zimmertür, dann wagte ich einen Neustart – und hob ab. Ich flog, kämpfte, siegte, starb, erhob mich wie Phönix aus der Asche, flog und kämpfte erneut …

Es klingelte an der Tür.

Meine Mutter rief aus der Küche: »Lukas, machst du bitte auf?«

»Kann grad nicht.«

»Warum nicht?«

»Ich mach Mathe.«

Ein kurzes Seufzen, ein wahrscheinlich nicht für meine Ohren bestimmtes »Na hoffentlich« und ihre Schritte im Flur. Ich konnte mich wieder meiner Welt zuwenden. Das Öffnen der Wohnungstür hörte ich schon nicht mehr.

»Hallo. Ist Lukas da?«

Ich erstarrte. Wer war das?

Mich besuchte so gut wie nie jemand. Und das war weder die Stimme vom dicken Thorsten noch die vom pickligen Jan von nebenan. Das war eindeutig ein Mädchen. Und die hatten hier noch nie was verloren.

»Lukas macht gerade Hausaufgaben.«

»Macht nichts. Ich kann so lang warten.«

»Na, dann komm rein.«

Ich hörte Schritte. Schritte, die näher kamen. Zeit, zu handeln! Hektisch schob ich die Tastatur zur Seite und kramte mein Matheheft hervor.

»Wie heißt du denn?«, fragte meine Mutter, während sie die Tür zu meinem Zimmer öffnete.

»Ich bin Jule.«

Ich kannte keine Jule.

»Gehst du mit Lukas in eine Klasse?«

»Nicht direkt.«

»Was heißt nicht direkt?«

Die Antwort hätte mich durchaus interessiert, aber meiner Mutter war inzwischen etwas anderes wichtiger. Nach einem kurzen Blick über meine Schulter hatte sie das Matheheft so rum gedreht, dass die Zahlen nicht mehr kopfstanden. Die ungelösten Aufgaben grinsten mich hämisch an.

»Aha, du machst also Mathe«, stellte sie fest.

Mist! Erwischt. Und das vor Zeugen.

Meine Mutter wandte sich dem Mädchen zu, das in der Zimmertür stand.

»Ich glaube, du brauchst nicht zu warten. Lukas hat seine Hausaufgaben bereits beendet.«

Ihre Stimme hatte die Wärme einer Gefriertruhe. Im Gegensatz dazu fühlte sich mein Kopf an wie ein kochender Teekessel. Ich wurde rot. Fehlte nur noch, dass ich pfiff.

»PFFÜÜÜÜT!«

Das kam zum Glück aus der Küche.

Ohne ein weiteres Wort verließ meine Mutter das Zimmer.

In dem ein fremdes Mädchen stand.

»Was machst du hier?«

Ich brauchte eine Ewigkeit, um diesen Satz überhaupt zu denken. Die Antwort ließ dagegen nicht lange auf sich warten.

»Hausaufgabenkontrolle.«

»Ha, ha, ha!«

Mehr als ein künstliches Lachen brachte ich nicht zustande. Ich war baff. Und mein Besuch spazierte mittlerweile wie ein Feldherr in einer eroberten Stadt herum und besah sich meine Sachen.

»Woher weißt du überhaupt, wo ich wohne?«, erinnerte ich sie an meine Anwesenheit.

»Hast du vorhin erzählt.«

»Ich hab dir gar nichts erzählt!«

»Mir nicht. Aber dem Typ heute Mittag.«

»Aber …«

»Wow, cool!«

Sie hatte mein Laserschwert entdeckt. Betrachten war vorbei, jetzt war Nehmen angesagt. Ein Griff, ein Knopfdruck. Mit einem sirrenden PSIAHRRR schoss die Klinge hervor. Leuchtendes Plastik erhellte den Raum. Blau. Wie das Schwert, das Luke Skywalker von seinem Vater geerbt hatte.

»… das hätte auch gelogen sein können«, beendete ich meinen Satz.

Obwohl ich was ganz anderes sagen wollte. Das war *mein* Zimmer. Was suchte die hier? Und wieso hatte die mein Schwert in der Hand? *Ich* war Luke Skywalker! Zumindest in meinem Zimmer. Aber jetzt fuchtelte die damit in der Gegend herum, dazu noch wie ein Jedi-Schüler im ersten Lehrjahr.

Eine Plastikschwertspitze pikte mich in die Brust.

»Zum Lügen hattest du zu viel Schiss«, sagte sie.

Ich haute die Schwertspitze weg.

»Hatte ich nicht!«

Die Spitze saß wieder auf meiner Brust.

»Hattest du doch.«

»Kannst du gar nicht wissen.«

Ohne Vorwarnung packte ich das Schwert an der Klinge und riss es ihr aus der Hand. Das habe ich in einem Film über einen schottischen Freiheitskämpfer gesehen. Da sorgte das zwar für blutige Finger, aber auch für den Sieg des Helden. Ich kippte mit dem Schwert allerdings nur vom Stuhl.

Meine Gegnerin hatte einfach losgelassen, sodass ich das Gleichgewicht verlor.

»Jedenfalls hast du nicht gelogen«, stellte sie fest, während sie weiter durch mein Zimmer schlenderte. »Sonst wäre ich nicht hier.«

Ich rappelte mich auf. Gegen ihre Logik war nichts einzuwenden. Aber gegen ihr Verhalten schon: Dass sie meine Darth-Vader-Maske von der Wand fummelte, ging eindeutig zu weit. Ich nahm das Laserschwert fest in die Hand, bereit, mein Eigentum zu verteidigen.

»Und? Was willst du hier?«, fragte ich angriffslustig.

Sie drehte sich zu mir um, die schwarze Maske vorm Gesicht.

»Du hast mich eingeladen.«

Ihre Stimme hallte tief und dumpf unter dem schwarzen Plastik hervor. Sollte wohl bedrohlich klingen.

»Hab ich nicht«, antwortete ich.

»Du wolltest mir Tricks zeigen. Von diesem Star-Wars-Dings.«

Mit Monsterschritten stapfte sie auf mich zu. Lächerlich! Die Maske passte überhaupt nicht zu ihrem verwaschenen rosa T-Shirt mit den glubschäugigen Manga-Figuren drauf. Mir jagte die keine Angst ein, außerdem fehlte der rasselnde Atem. Ich hielt mich an meinem Schwert fest.

»Dafür, dass du mich verarscht hast, soll ich dir noch was zeigen?«

»Ich hab dich gucken lassen«, dröhnte es hinter der Maske hervor.

Darth Vader baute sich vor mir auf. Jeden Moment konnte seine Hand vorschießen, sich um meinen Hals legen und mich erwürgen.

»Sehr witzig«, machte ich einen auf locker. Dann schnellte *meine* Hand vor. Ein Griff nach der Maske und …

Diesmal wich Jule aus. Beinahe wäre ich wieder hingefallen. Ich musste mein Gleichgewicht wiederfinden, unbedingt. Vor allem das innere.

»Außerdem klingt Darth Vader anders«, schnaubte ich.

»Na und?« Achselzuckend schob sie die Maske vom Kopf und warf sie auf mein Bett. »Hast du den Typen gesehen oder nicht?«

»Ich habe alle Star-Wars-Filme gesehen.«

»Mann, ich meine den Typ von heute Mittag.«

»Ach so.«

»Und?«

»Schon, aber …«

»Na also. War doch viel aufregender so, oder?«

Jetzt hatte sie mein Raumschiff in den Fingern. Das Modell vom Rasenden Falken. Über einen Monat hatte ich dafür auf Schokolade verzichtet. Und ausgerechnet damit machte sie Fluggeräusche, die nach Motorbrand mit technischem Herzkasper klangen. Ich sah die Bruchlandung kommen.

»Kannst du das Ding da wieder hinstellen?«

»Tschuldigung. Wusste nicht, dass das hier ein Museum ist.«

Und, oh Wunder, sie stellte den Falken tatsächlich wieder hin. Da, wo er hingehörte. Anscheinend hatte ich den richtigen Ton getroffen.

»Das sind meine Sachen«, stellte ich fest.

Ich wollte die Maske zurück an ihren Platz hängen und mein Zimmer wieder in Besitz zu nehmen. Aber Pustekuchen. Schon saß sie auf meinem Stuhl und blätterte im Matheheft.

»Und, was ist das? Berechnungen für eine Rakete?«

»Das ist Mathe. Meine Hausaufgaben.«

 Die war ja schlimmer als eine Horde Affen. Und schneller. Als ich das Heft in Sicherheit bringen wollte, griff ich erneut ins Leere.

»Lukas Erdmann, Klasse 6b, Lietzensee-Schule«, las sie vom Deckblatt ab. »Hast du Schiss, dass du das vergisst?«

»Was?«

Blitzschnell schoss meine Hand vor. Ich hatte mit eingeplant, dass sie das Heft wegziehen würde. Aber sie war unberechenbar.

»Deine Schule«, grinste sie, als ich den Knick zu glätten versuchte, der durch meine Attacke entstanden war. »Ich schreib auf die Dinger nicht mal meinen Namen.«

»Wahrscheinlich kannst du gar nicht schreiben.«

»Wie geht denn das Spiel nun?«

Jetzt hatte sie sich die Tastatur geschnappt. Aber mit Computerspielen kannte sie sich definitiv nicht aus. So planlos, wie sie darauf herumhackte.

»Kannst du nicht die Finger davon ...«

Ich wollte ihr nur die Tastatur wegnehmen. Ehrlich! Sie hatte ja nicht mal gefragt. Außerdem ging das schon die ganze Zeit so. Sie begrabbelte meine Sachen, und ich gab mir alle Mühe, ihr das Zeug wieder abzunehmen. War fast wie ein Spiel.

Aber plötzlich stand sie vor mir und fauchte mich an: »Ich kann auch wieder gehen.«

Der Drachenblick von heute Mittag war nichts gegen die Blitze, die sie jetzt abschoss. Gleichzeitig erschien mir die Gefriertruhen-Stimme meiner Mutter neben Jules Tonlage wie die reinste Sauna. Automatisch versuchte ich mich zu rechtfertigen.

»Nee, aber nachher machst du was kaputt und … und außerdem sind das meine Sachen.«

»Ach ja? Weiß ich. Ist doch alles deins hier.«

Sie war wie ausgewechselt. Wie ein anderes Wesen.

Wie Feuer aus Eis.

ATEMPAUSE

»Lukas, Abendbrot!«

Die Stimme meiner Mutter riss mich aus der Angststarre. Die kommt sonst eher bei Tieren vor, meist kurz bevor sie gefressen werden. Ziemlich unpraktisch, aber zum ersten Mal konnte ich so ein Kaninchen verstehen, das in den Rachen einer Boa constrictor guckt. Zum Glück stand ich nicht auf dem Speiseplan, und glücklicherweise sah meine Mutter nicht, wie hilflos ich war. Die hätte mich glatt am nächsten Tag zum Arzt geschleppt. Ich atmete tief durch. Wände haben was Praktisches. Man sieht nichts, aber hören kann man trotzdem.

»Komme gleich«, rief ich in Richtung Küche.

»Isst deine Freundin mit?«, rief meine Mutter zurück.

»Nein.«

Gleichzeitig erklang neben mir ein lautes »Ja, vielen Dank. Sehr gerne«.

Ich fuhr herum.

»Spinnst du?«

Sie grinste mich an, als wären wir die dicksten Kumpel. Als hätte sich nicht eben der Erdboden zwischen uns aufgetan.

»Nee, ich hab Hunger.«

»Und wenn ich nicht will, dass du mit uns Abendbrot isst?«

Jetzt war ich am Fauchen und sie die Gelassenheit pur.

»Und wenn ich das aber will?«

»Aber …«

»Und wenn mich deine Mama schon fragt?«

»Das ist aber meine Mutter.«

»Klar, alles deins.«

»Und die hat mich gefragt.«

»Die hat aber mich gemeint.«

»Aber …«

»Und Einladungen ablehnen, das macht man nicht.«

Damit ließ sie mich stehen und spazierte in die Küche. Was ich von da hörte, gab mir den Rest. Ein *Gespräch unter Frauen* nennt man das, glaube ich.

»Kann ich helfen? Tisch decken oder so.«

»Nett von dir, aber lass mal. Ist alles fertig.« Meine Mutter wusste ja nicht, dass sie es mit einer Bestie zu tun hatte. »Schade, dass Lukas mich das nie fragt.«

»Ach, zu Hause frag ich das auch nicht.«

»Na, sei mal nicht zu ehrlich.«

Jetzt hatte meine Mutter bestimmt diesen warmen Blick drauf. Wie immer, wenn sie neue Freunde für mich wittert.

»Da brauchen Sie keine Angst zu haben«, beruhigte Jule sie lachend.

»Musst du eigentlich nicht zu Hause Bescheid sagen?«

»Nee. Meine Mutter ist sowieso nicht da.«

»Oh … dann … äh.« Diese Antwort schien meine Mutter nicht erwartet zu haben. Einen Augenblick wusste sie nicht, was sie sagen sollte. Dann fiel ihr etwas ein: »Lukas, kommst du?!«

Wortlos ergab ich mich meinem Schicksal.

Das anschließende Abendbrot ist ein leerer Fleck in meinem Gedächtnis. Wahrscheinlich habe ich stumpf mein Essen gekaut und meiner Mutter das Reden überlassen. Und Jule hat bestimmt so munter drauflosgeplaudert, als würde sie zur Familie gehören – und nebenbei den halben Kühlschrank leer gefuttert.

Ich kam erst zu mir, als sich die Tür hinter ihr schloss.

Ich stand auf und ging in mein Zimmer. Die Maske hängte ich sorgfältig zurück an die Wand und kontrollierte, ob irgendwas fehlte. Aber alles war da. Nur der Knick im Matheheft erinnerte daran, dass hier vor Kurzem ein Wirbelwind durchgefegt war.

Am nächsten Morgen wusste ich nicht, ob das Ganze nur ein böser Traum gewesen war. Das Heft hatte zwar noch einen Knick, aber der hätte sonst woher kommen können. Diese Hoffnung löste sich in Luft auf, als ich in die Küche kam und meine Mutter mich strahlend begrüßte.

»Na Spatz, wie hast du geschlafen?«

Ich hätte mit den Armen schlagen und wegfliegen sollen, denn gleich darauf löcherte sie mich wegen meiner »neuen Freundin«. Wo ich die kennengelernt hätte und so, die sei ja schon »speziell«. Sogar mein Vater sah interessiert von seiner Zeitung auf. Das macht er sonst nur, wenn unser Haus der Mittelpunkt eines Erdbebens ist. Aber ich hielt mich mit meinen Auskünften zurück. Blieb mir auch nichts anderes übrig. Wahrscheinlich wusste meine Mutter mehr über die »neue Freundin« als ich – ich hatte das Gespräch am Abendbrottisch ja vollständig an mir vorbeirauschen lassen. Und dass ich meine »neue Freundin« erst kurz vorher beim Durch-fremde-Fenster-Gucken kennengelernt hatte, brauchten meine Eltern nicht unbedingt zu wissen.

Nach der Schule traute ich mich kaum nach Hause. Ich sah das Mädchen hinter jeder Ecke lauern. Am Nachmittag schaffte ich es nicht mal, einen fremden Planeten zu erobern, so dämlich stellte ich mich am Computer an. Ständig lauschte ich Richtung Türklingel. Die Hausaufgaben verschob ich sogar komplett auf die Unterrichtspausen. Doch der Dienstag verstrich, ohne dass etwas geschah.

Und auch der Mittwoch.

Und der Donnerstag.

Ich beruhigte mich wieder, meine Welt kehrte in ihre Umlaufbahn zurück. Ich stellte bei meinem Lieblingsspiel einen neuen Rekord auf. Selbst meine Mutter redete nicht mehr von der »neuen Freundin«.

Dann kam der Freitag.

WIEDERSEHEN MACHT FREUDE

Am Freitag kam Herr Rybzek erst mal mit einer Überraschung für uns: Mathetest. Als ob wir nicht letzte Woche schon einen gehabt hätten! Mir sackte das Herz in die Hose.

Hinterher hatte ich allerdings ein gutes Gefühl, obwohl Oskar *seine* Lösungen für die richtigen hielt. Aber sollte der reden. Die Hausaufgaben, die ich Anfang der Woche von ihm abgeschrieben hatte, waren auch falsch gewesen. Für mich konnte das Wochenende kommen.

Nicht, dass ich Schule hasse. Ich wüsste gar nicht, was ich sonst machen sollte. Aber im Vergleich ist mir ohne Lehrer vor der Nase wohler. Und der Rybzek ist nicht grade eine Schönheit, von seinen blöden Überraschungen mal ganz abgesehen.

Nach Mathe kamen Deutsch und Erdkunde, zuletzt Musik. Die Stunde können sie sich eigentlich schenken, da hört sowieso keiner mehr hin. Die einzige Musik, die uns dann noch interessiert, ist das Pausenklingeln. Als das endlich kam, sprangen alle auf. Der letzte Satz von Frau Nadolny ging im Stühlerücken unter. Ich ließ mich von der Masse aus der Tür schieben. Freitags geht der Nachhauseweg immer schneller als sonst. Das liegt gar nicht an mir, der Strom trägt mich. Und der fließt freitags fixer. Aus dem Schulgebäude, übers Schulgelände, durch das Tor ...

Wie versteinert blieb ich stehen. Auf der Außenmauer vom Pausenhof saß ein Mädchen. *Das* Mädchen. Baumelte mit den Beinen und guckte in der Gegend herum. Der Schülerstrom teilte sich und floss an mir vorbei, während die Gedanken durch meinen Kopf wirbelten: Sollte ich zurück? Oder weitergehen und so tun, als würde ich sie nicht sehen? Oder direkt auf sie zu, mit einem coolen Spruch auf den Lippen?

Ich wollte gerade in der Menge untertauchen, da entdeckte sie mich. Und sie sah auch, dass ich sie sah. Grinsend nickte sie mir zu. An ihr vorbeilaufen ging nicht mehr. Am Ende dachte sie, ich hätte Schiss. Also legte ich den Schlendergang ein und steuerte auf sie zu.

»Was machst du denn hier?«, fragte ich betont lässig. Bloß keine Überraschung zeigen.

»Darf ich nicht hier sitzen?«

»Klar, aber du sitzt doch sonst nicht hier.«

»Nee.«

Ihre Turnschuhe schlugen rhythmisch gegen die Mauer. Do-domm, do-domm ... Sie schien darauf zu warten, dass ich die Unterhaltung weiterführte. Als nichts kam, fragte sie genauso unbeteiligt zurück.

»Und was machst du hier?«

»Ich hab zuerst gefragt.«

»Und ich als Zweites.«

Jetzt kam wieder das Augendrücken. Das beknackte Pupillenhakeln. Aber heute hatte ich keine Lust darauf.

»Ich geh hier zur Schule«, sagte ich und dachte an den Lieblingsspruch aller Verlierer: Der Klügere gibt nach.

»Wo?«, fragte sie.

»Na, da.« Ich deutete mit dem Kopf die Richtung an.

»Ach, das ist eine Schule?!«

Sie tat überrascht, dabei sah das ein Blinder. Egal, ihre Antwort war sie mir noch schuldig.

»Und jetzt du«, sagte ich.

Ein überlegenes Grinsen breitete sich auf ihrem Gesicht aus.

»Ich geh hier nicht zur Schule.«

Plötzlich wusste ich, wieso sie hier saß.

»Bist du extra hier?«

»Extra? Wie meinst du das?«

»Na, extra.« Ich zögerte. »Wegen mir.«

»Spinnst du?« Ihr Beingebaumel hörte auf. »Woher soll ich wissen, dass du hier zur Schule gehst?«

»Tu nicht so. Hast du doch gelesen.«

»Wo?«

»Auf meinem Matheheft.«

Sie entspannte sich und grinste wieder.

»Bist wohl ein ganz Schlauer, was?«

Ich ließ mich darauf nicht ein: »Wo gehst du denn zur Schule?«

»Jedenfalls nicht hier.«

»Gehst du überhaupt zur Schule?«

»Manchmal. Wenn ich Lust hab.«

»Kriegst du da keinen Ärger?«

»Wenn ich zur Schule geh?«

»Nee, wenn du nicht hingehst.«

»Dann nicht.« Ihr Grinsen wurde breiter. »Nur wenn ich *dann* wieder hingeh.«

Eigentlich hätte ich jetzt weiterziehen können. Mein Gesicht hatte ich gewahrt, und besonders angenehm war unsere Unterhaltung nicht. Jedenfalls nicht für mich. Aber irgendwas hielt mich zurück. Vielleicht war ich neugierig.

Vielleicht wollte ich wissen, was hinter dieser dauergrinsenden Fassade steckte, die ich schon mal hatte zusammenfallen sehen. Aber vielleicht war ich auch nur geschmeichelt. Sitzt ja nicht alle Tage jemand vor der Schule und wartet auf mich.

»Und? Wieder am Beschatten?«, versuchte ich unserem Gespräch einen neuen Dreh zu geben.

»Nee. Immer dasselbe ist doch langweilig.«

»Nichts tun ist auch langweilig.«

»Wer sagt denn, dass ich nichts tue.«

»Sieht so aus.«

»Ich …« Ein kurzes Zögern, dann richtete sie sich auf. »Ich guck Straßenkino.«

Freiluftkino kannte ich. Auch von Autokino hatte ich gehört. Aber Straßenkino …

»Was soll denn das sein?«

»Ich schau Leuten zu und überleg mir, was mit denen los ist.«

»Klingt nicht so spannend.«

»Kommt drauf an.« Sie blickte sich um und zeigte auf Frau Nadolny, die auf der anderen Straßenseite vorbeiging. »Siehst du die da?«

Ich betrachtete die zierliche blonde Lehrerin mit dem herabhängenden Pferdeschwanz, den ihr müder Schritt kaum zum Wippen brachte. Ich konnte mir denken, was mit der los war. Wahrscheinlich verfluchte sie gerade ihr Schicksal, das darin bestand, unmotivierten Kindern den Unterschied zwischen Dur und Moll beizubringen.

»Die kenn ich«, sagte ich. »Bei der hab ich Unterricht. Stinklangweilig.«

»Quatsch, die tut nur so.« Ein Leuchten kam in Jules Augen.

»Was? Dass sie langweilig ist?«

»Nein. Dass sie Lehrerin ist. Das ist Tarnung. In echt ist die beim CIA.«

»Du spinnst.«

Verarschen konnte ich mich selber. Aber Jule ließ nicht locker. Sie senkte die Stimme und beugte sich verschwörerisch vor.

»Nee, die haben sie auf Dr. Silberblick angesetzt.«

»Dr. Silberblick? Wer soll das sein?«

Automatisch sprach ich ebenfalls leiser und rückte näher an sie ran. So, dass ich die Nadolny im Blick hatte. Dabei glaubte ich kein Wort von Jules Geschichte.

»Ein Verbrecher natürlich«, klärte sie mich auf.

»Und? Schielt der?«

Jule ignorierte meinen müden Witz. Sie redete einfach weiter und ließ meine Lehrerin dabei nicht aus den Augen.

»Der heißt so, weil … der hat mal ein Auge bei einer Messerstecherei verloren. Sein linkes. Und jetzt hat er eins aus purem Silber. Hat er sich selbst eingesetzt.«

»Ist der Arzt oder was?«

»War er mal«, flüsterte sie. »Aber heute ist er Waffenschieber. Ein ganz großer Fisch. Der vertickt alles: Atomraketen in die Antarktis und U-Boote in die Sahara, vom letzten Schrott bis zum absoluten Hightech-Overkill.«

»Klar, und Laserschwerter hat der auch.«

Den Spruch hätte ich mir ebenfalls schenken können, Jule war sowieso nicht mehr zu bremsen. Dabei war ich mir sicher, dass sie mich auslachen würde, sobald ich irgendwas von ihrer Story glaubte. Aber gleichzeitig war da ein Sog – als ob etwas tief in mir wollte, dass alles genau so stimmte.

»Nee, Laserschwerter nicht. Das ist doch Kinderspielzeug«, schob sie meinen Einwurf beiseite. »Der bastelt an einer Superwaffe. Mit der will er die Welt beherrschen. Aber nach außen hin: völlig harmlos. Braver Papi mit zwei Kindern, großem Haus und Garten. Könnte glatt dein Nachbar sein.«

»Ich hab hier noch nie einen Mann mit Silberauge gesehen.«

»Mann, bist du doof. Der trägt natürlich eine Sonnenbrille.«

Sie guckte mich genervt an. Dann verengten sich ihre Augen: »Außer, wenn er seine Gegner tötet. Dann nimmt er die Brille ab und ...«

»Und was hat das mit unserer Lehrerin zu tun?«

Ich trat einen Schritt zurück. Dabei war ich schon mitten in ihrer Geschichte drin: Ich sah mich an einen Stuhl gefesselt. Vor mir ein Mann, der mit eiskaltem Lächeln seine Sonnenbrille abnahm. Ein silbernes Auge starrte mich an. Gefühllos, so wie das Skalpell, das er zückte ...

»Die ist keine Lehrerin, die tut nur so.« Jule sprach immer noch mit unterdrückter Stimme, obwohl die Nadolny längst nicht mehr zu sehen war. »Das ist Miss Supernova, die Supergeheimagentin.«

Vor meinem inneren Auge verwandelte sich der mickrige Kleinwagen unserer Lehrerin per Knopfdruck in einen James-Bond-Flitzer.

»Die Tochter von Silberblick geht bei der in die Klasse, und die nimmt sie jetzt in die Zange. Erst mal mit Aufsätzen *Mein schönstes Ferienerlebnis* und so, und dann, wenn da nichts rauskommt, kommt der Besuch bei den Eltern: ›Ich mach mir solche Sorgen um Ihre Tochter, sie wirkt immer so unkonzentriert‹, und noch 'n bisschen Blablabla, und dann: ›Darf ich mal Ihre Toilette benutzen?‹, und dann verwanzt sie die ganze Wohnung und fotografiert alle Unterlagen und ...«

»Während der Zeit von einmal Pinkeln?«, unterbrach ich sie. Ich musste die Notbremse ziehen.

»Mann, das ist Miss Supernova«, maulte Jule. »Die ist beim CIA. Die kann das.«

»Außerdem schreibt bei der niemand Ferienaufsätze«, hielt ich weiter dagegen. »Die unterrichtet Musik. Deine Geschichte stimmt vorn und hinten nicht.«

»Na und? Dein Star Wars ist ja auch nicht echt.«

Jetzt hatte sie es zugegeben. Ich bekam Oberwasser.

»Das ist ja auch Kino!«

Ihre Trotzhaltung wich dem altbekannten Grinsen. »Sag ich doch: Straßenkino.«

Mist! Wieder hatte sie gewonnen.

Ich versuchte einen letzten Konter: »Das Popcorn fehlt.«

Aber das hätte ich mir sparen können. Sie stand auf und balancierte auf der Mauer.

»Brauch ich nicht. Aber wenn du welches hast, können wir ja bei dir DVD gucken.«

»Ich muss Hausaufgaben machen«, log ich.

»Macht nichts.« Sie drehte sich mit einem Sprung zu mir um und machte einen Knicks wie eine Seiltänzerin. »Dann schau ich mir so lange deine Mangas an. Oder ich komm später. Gibt's um sechs wieder Abendbrot? Dieser komische Käse war echt lecker.«

Wieso war ich stehen geblieben? Wieso hatte ich sie angesprochen? Und wieso tat sie so, als hätten wir schon zusammen im Sandkasten gebuddelt?

»Kannst du nicht zu Hause essen?«

Vor allem: Wieso sagte ich ihr nicht, sie solle bleiben, wo der Pfeffer wächst?

»Klar kann ich das.« Wieder ein Hüpfer. » Aber woanders essen ist spannender.«

Mit ihrer Balanciererei machte sie mich ganz wirr.

»Von mir aus«, brummte ich.

Vielleicht hätte ich klarer formulieren sollen, dass mich ihre Ansichten übers Auswärtsessen nicht interessierten. Die Quittung kam prompt.

»Also, um sechs bei dir? Erst Abendbrot und dann …«

»Nein!«

Das war deutlich. Überrascht hörte sie auf, rumzutänzeln.

»Warum nicht?«

»Weil … weil ich nicht will, dass du mich besuchst. Und schon gar nicht zum Essen. Das ist peinlich.«

»Deine Mutter fand mich aber nett.«

»Na und? Das ist *meine* Mutter.«

»Klar. Alles deins.«

Dass sich ihre Stimme veränderte, nahm ich nicht wahr.

»Merkst du nicht, dass du nervst?«, stöhnte ich.

»Dann eben nicht.«

Ein Drachenblick, ein kurzes Aufflackern ihres kalten Feuers – dann drehte sie sich um und lief die Mauer entlang.

Kein Blick zurück.

Für sie war ich in diesem Augenblick gestorben.

LUKAS

VERGEIGTE VERFOLGUNG

Jules Abgang überraschte mich total. Ich hatte Widerspruch erwartet oder eine Schimpftirade. Aber sie ließ mich einfach stehen! Mein ganzer Zorn verpuffte von einer Sekunde auf die andere. Ihr wilder Haarschopf verschwand zwischen den letzten Nachzüglern aus der Schule, und ich konnte nicht mehr denken als: Tschüss! Aus! Ende!

Ich hatte wieder meine Ruhe.

Leere breitete sich in mir aus. Nicht unangenehm. Ob das die Haltung ist, um die *Macht* aufzunehmen?

Ich atmete ein.

Ich atmete aus.

Ich wurde leicht.

Gleichzeitig fingen meine Beine an, Jule hinterherzulaufen. Den Oberkörper nahmen sie mit und den Kopf auch. Ohne zu fragen. Als er sich wieder einschaltete, steckte ich bereits mitten in einer Verfolgungsjagd.

Ich lief in der Deckung unbeteiligter Passanten, huschte in Hauseingänge, spähte um Ecken und sprintete über rote Ampeln. Ich nutzte Stromverteiler, Briefkästen, Litfaßsäulen und Plakatwände, Mauern, Zäune und Hecken als Versteck. Ich war Batman und Spiderman und sämtliche Superhelden, die ich kannte, in einem. Ich war unsichtbar, ein Schatten, ein Geist. Ich war da und nicht da, überall und nirgends. Ich war in meinem Element. Aber alle Vorsichtsmaßnahmen schienen überflüssig zu sein. Jule drehte sich kein einziges Mal um. Weder nach mir noch nach sonst irgendwem.

Das war ja ein leichtes Spiel! Hatte ich nicht gedacht. Aber der würde ich's zeigen. Ihren Rekord konnte ich auf Anhieb knacken. Und wenn sie jetzt nach Hause lief, dann konnte *ich* bei *ihr* klingeln. Und ihr Zimmer in Beschlag nehmen.

Überraschung! Ich bin's, Lukas.

Ich malte mir die Situation in den leuchtendsten Laserschwertfarben aus, freute mich auf ihr dummes Gesicht, auf ihre …

Wo war sie?

Eben war sie noch vor mir gewesen! Da vorn an der Ampel hatte ich sie gesehen. Da war sie rüber und dann … links um die Ecke? Ich schaute mich um. Oder war sie in ein Haus rein? In ihr Haus? Dann hatte ich im entscheidenden Moment nicht aufgepasst. So kurz vorm Triumph …

»Scheiße!«

Jetzt konnte ich's sagen. War ja niemand da, den das

störte. Aber nützen tat es auch nichts. Sie war weg, ich hatte ihre Spur verloren. Diesmal hieß es endgültig: Tschüss! Aus! Ende!

»Suchst du wen?«

Ich fuhr herum. Blöder hat wohl selten jemand aus der Wäsche geguckt.

»Wo kommst du denn …« Ich biss mir schnell auf die Zunge und verbesserte mich: »*Wie* kommst du denn darauf?«

»So wie du mir hinterherläufst.«

»Ich … ich wollte nur wissen, wo du wohnst.«

Das war nicht mal gelogen.

»Wieso das?«

»Du weißt schließlich auch, wo ich wohne.«

»Na und? Hab' doch Hausverbot.«

»Das war nicht so gemeint. Ich …«

Ich verlor den Faden. Warum brachte sie mich jedes Mal aus dem Konzept? Ich hatte nur das gemacht, was sie auch machte. Klar, *ich* war ertappt worden. Von *ihr*. Aber deswegen musste ich nicht vor Scham in Grund und Boden versinken. Immerhin war ich Anfänger. Da macht man Fehler, das ist wie bei jedem neuen Computerspiel. Ich atmete tief durch und warf mein schlechtes Gewissen über Bord.

»Wann hast du's gemerkt?«, fragte ich – und traute mich endlich, ihr dabei in die Augen zu sehen.

»Was?«

»Das Verfolgen.«

Jule grinste mich selbstzufrieden an: »Von Anfang an.«

Ungläubig schüttelte ich den Kopf. Das konnte nicht sein. Ich war mir so sicher gewesen.

»Mann, macht doch nichts«, lachte sie. »Ist nicht so leicht, wie es aussieht. Früher bin ich auch bemerkt worden.«

»Aber du hast dich nicht umgedreht. Du kannst mich nicht gesehen haben. Nicht von Anfang an!«

»Mann, denk an unser erstes Treffen.«

Verständnislos schaute ich sie an.

»Fensterspiegelung«, half sie mir auf die Sprünge. »Gibt halt Tricks. Soll ich sie dir beibringen?«

Ich winkte ab: »Nee, lass mal.«

Eine Frusterfahrung am Tag reichte mir. Aber Jule war das egal.

»Komm, die nehmen wir.«

Ein kurzer Schubser, um mich aus meiner Betäubung zu holen. Schon hatte sie sich einer aufgetakelten Blondine an die Fersen geheftet, die ihren Pitbull spazieren führte. Ein letzter auffordernder Blick, dann war Jule um die nächste Ecke verschwunden. Ich stand allein da.

In meinem Kopf ratterte es: Ich dachte an ihr fieses Verhalten bei unserem ersten Treffen, an meinen Computer, an Dr. Silberblick und Miss Supernova. Sogar an den dicken Thorsten und den pickligen Jan von nebenan dachte ich, keine Ahnung weswegen.

Ja.

Nein.

Ja.

Nein.

Ich war unfähig, mich zu entscheiden. Aber wenn ich ihre Tricks sehen wollte, musste ich schleunigst hinterher.

Ja.

Nein.

Meine Beine nahmen mir wieder die Entscheidung ab. Während sie Jule hinterherrannten, kramte ich mein Handy hervor, um einem besorgten Anruf meiner Mutter zuvorzukommen. Im Laufen hechelte ich ein paar unvollständige Sätze in das Gerät: »Du, Mama, ich komm später ... nee, was anderes ... ja, ich esse dann kalt ... nee, erzähl ich dir nachher ... weiß ich nicht ... tschüss.«

Dann machte ich das Ding aus. Sicher ist sicher.

Nicht, dass es mich noch mal bei einer Kletterpartie überraschte.

Ich kam spät nach Hause, zumindest für meine Verhältnisse. Das Mittagessen stand nicht mal mehr kalt parat, stattdessen erwarteten mich ein gedeckter Abendbrottisch und eine Mischung aus Vorwürfen und Neugier.

Nachdem sie Dampf abgelassen hatte, löcherte meine Mutter mich mit Fragen. Sogar mein Vater schien sich dafür zu interessieren, wo ich gesteckt hatte. Zum Glück war ich mordshungrig. Ein Brot nach dem anderen verschwand in meinem Mund. Und da meine Eltern es nicht gerne sehen, wenn ich mit vollem Mund rede, konnte ich mir in aller Ruhe eine Ausrede einfallen lassen. Denn was ich gemacht hatte, wollte ich ihnen nicht erzählen. Schon gar nicht in allen Einzelheiten.

Das mit dem Beschatten wäre vielleicht noch gegangen,

wir waren schließlich nicht ertappt worden. Aber spätestens wenn ich erzählt hätte, dass mich Jule in ein fremdes Mietshaus gezogen hatte, um dort heimlich den Dachboden zu erkunden, hätte meine Mutter einen Herzinfarkt bekommen. Und dass sie Klingelstreiche nicht gut findet, weiß ich ohnehin. Obwohl Jules Variante schon besonders ist.

Ich kannte vorher nur die mit Klingelknopfdrücken und Weglaufen. Aber Jule bleibt vor der Gegensprechanlage stehen und erzählt den Leuten verrückte Sachen. Zum Beispiel, dass sie etwas für Frau Sowieso abzugeben hätte … und ob die nicht hier im Haus wohnen würde? … Nein? Nicht?... Vielleicht zur Untermiete? … Auch nicht … aber was sie dann mit der fleischfressenden Pflanze von der Frau Sowieso machen sollte … nein, behalten könne sie die nicht … nein, auch nicht vorübergehend, die habe schließlich schon das Meerschweinchen ihres kleines Bruders verspeist … ja, sie habe einen Augenblick nicht aufgepasst und – happs – sei es passiert, und deswegen … nein, sie wolle hier niemanden vergackeiern, aber die Pflanze sei bereits ganz schön groß, sie könne die kaum tragen, die würde auch ständig wachsen und hungrig sehe die auch aus und … AAARRRGHHHH!

Jule kann schreien wie in einem echten Horrorfilm.

Aber das alles habe ich meinen Eltern nicht erzählt. Die Erklärung mit dem Nachmittag bei einem Klassenkameraden war die einfachere Lösung. Und dass es Jungs gibt, die über dem Computer die Zeit vergessen, ist für meine Eltern absolut glaubwürdig.

VERBOTENE ZONEN

Übers Wochenende bekam ich Jule nicht zu Gesicht.

Am Samstag war »Familienausflug« angesagt. Meine Mutter betont das mit der Familie immer, weil es »für uns alle« sei. Was natürlich nicht stimmt. Entweder unternehmen wir etwas, was mir Spaß macht, also Erlebnispark oder so, und meine Eltern versuchen krampfhaft, sich dafür zu begeistern. Oder wir machen etwas, was meine Eltern gut finden. Wobei ich mir im Gegensatz zu ihnen keine Mühe gebe, Begeisterung vorzutäuschen. Erfahrungsgemäß erhöht das die Chancen auf einen spannenden Ausflug beim nächsten Mal.

Diesmal waren meine Eltern dran: raus aus Berlin und Kaffeetrinken bei Tante Hanna und Onkel Jürgen – mit anschließendem Spaziergang um den See! Also das ganz große Gähnen. Aber zum Glück hat auch so ein Tag nur 24 Stunden.

Am Sonntag regnete es. Meine Eltern verschonten mich

deshalb mit ihrer »frischen Luft«, und ich hatte nichts dagegen, einen Tag in meinem Zimmer zu vertrödeln. Beim Computerspielen legte ich allerdings keine Glanzleistung hin. Ich war nicht ganz bei der Sache, vielleicht weil ich doch auf ein Türklingeln hoffte.

Jule hatte mir nicht gesagt, wo sie wohnte. Ich konnte also nicht zu ihr gehen. Telefonnummern hatten wir auch keine ausgetauscht. Überhaupt hatte sie sich sehr zurückgehalten, wenn es um sie ging. Sobald ich etwas halbwegs Persönliches fragte, wechselte sie das Thema und erklärte mir stattdessen einen besonderen Kniff oder schlug ein neues Spiel vor. Und wenn ich nachhakte, machte sie dicht. Also ließ ich es.

Ich wollte schließlich auch lieber Action.

Montag saß sie wieder auf unserer Schulmauer.

Wir hatten eine Stunde früher Schluss, Mathe war ausgefallen. Anscheinend waren dem Rybzek unsere Lösungsvorschläge im Test auf den Magen geschlagen. Selbst schuld, was musste der uns auch unangekündigt abfragen? Na ja, zumindest gönnten wir ihm seine Magen-Darm-Grippe und hofften, dass sie ihn für den Rest der Woche ans Bett fesseln würde. Aber wie konnte Jule so früh hier sein?

»Na, schon frei?«, begrüßte ich sie.

»Was dagegen?«

Ihre Turnschuhe schlugen rhythmisch gegen die Mauer. Sie saß genauso da wie vor drei Tagen. Dieselbe Haltung, derselbe herausfordernde Blick. Nur dass sie ein anderes T-Shirt trug, bewahrte mich vor dem Glauben, in einer Zeitschleife zu stecken.

»Nein, aber … gehst du echt nicht zur Schule?«

»Natürlich.«

»Was natürlich?«

»Natürlich geh ich dahin. Geht doch nicht anders.«

»Und warum sitzt du jetzt schon hier?«

»Wird das ein Verhör oder was?« Ihre Stimme bekam einen unguten Unterton. Das Fußgetrommel verstummte.

»Nein, aber … ich frag doch nur«, ging ich in die Defensive.

Ein kurzes Zucken um den Mund, dann entspannte sie sich wieder.

»Wir hatten heute früher Schluss.«

Do-domm, do-domm, do-domm …

Ich versuchte es ebenfalls im Plauderton: »Kommt anscheinend häufiger vor.«

»Du bist doch auch schon draußen.«

»Ja, unser Mathelehrer ist krank.«

»Habt ihr's gut. Bei uns ist es leider nur die Deutschlehrerin.«

Dagegen konnte ich nichts sagen. Ich hatte ihr selbst die Vorlage geliefert. Und vielleicht war es ja eine Epidemie. Dann bestand sogar Hoffnung, dass weitere Lehrer ausfielen. Andererseits konnte es auch eine Ausrede sein, um …

»Und? Wollen wir bei dir DVD gucken?«, holte sie mich aus meinen Gedanken.

 »Weiß nicht.«

»Mann, ich muss doch wissen, ob dein Star Wars wirklich so hammermäßig ist.«

»Aber ich …«

Ich zögerte. Normalerweise war ich froh, wenn ich jemanden mit meinen Schätzen beeindrucken konnte. Mit dem dicken Thorsten hatte ich alle Filme mindestens dreimal geguckt. Und der picklige Jan von nebenan war richtig ehrfürchtig gewesen, als er das Modell vom Rasenden Falken gesehen hatte. Aber der fasste auch nichts an, ohne vorher zu fragen.

»Ich hab die alle schon gesehen«, versuchte ich eine Ausrede.

»Wozu hast du das Zeug im Schrank, wenn du es nicht angucken willst?«

»Ich meine, ich hab die gerade alle am Wochenende geguckt«, log ich.

»Alle?« Jule tat erstaunt. »Ich denk, die sind so ewig lang.«

»Ja, dann eben nicht alle. Aber mir langt's fürs Erste.«

Ich wusste nicht mal, weswegen ich solchen Mist erzählte. Aber irgendwie mochte ich die Vorstellung nicht, dass Jule wieder bei uns am Esstisch saß, denn darauf wäre es hinausgelaufen. Futterneid war es wohl kaum, so wenig, wie ich aß. War das Eifersucht? Wegen des bisschen lockeren Gequatsches mit meiner Mutter? Oder wollte ich mein Zimmer nur für mich? Die Abenteuer mit Jule auf der Straße – ja bitte, das wollte ich gerne teilen! Kunststück, kam auch von ihr. Aber meine kleine Welt? Als ob sie durch Jule zerstört werden konnte.

»Wir können auch was anderes gucken«, meinte sie. »Deine Eltern haben bestimmt …«

»Wollen wir nicht wieder jemanden beschatten?«

»Weiß nicht …«

»Du hast nur Angst, dass ich deinen Rekord knacke.«

»Pah, darauf kannst du lange warten.«

»Ich will aber nicht warten«, grinste ich. »Ich will üben.«

Einen Augenblick sah sie mich an, als wüsste sie nicht, ob ich es ehrlich meinte. Dann stand sie ohne ein weiteres Wort auf und ging einem jungen Typen mit fetten Kopfhörern hinterher, der die Musik so laut aufgedreht hatte, dass alle Welt seinen miesen Geschmack mitbekommen musste.

Zufrieden schloss ich mich an. Der würde uns frühestens bemerken, wenn sein Akku leer war.

ZWEI SCHRÄGE TYPEN

In dieser und der nächsten Woche sah ich Jule nur ab und zu. Mal fing sie mich vor der Schule ab, mal nicht. Bei mir zu Hause tauchte sie vorerst nicht wieder auf. Dazu war ich wahrscheinlich zu abweisend gewesen – und sie zu stolz.

Am Montag hatte unsere erste Beschattungsaktion ein schnelles Ende gefunden. Der Typ mit den Kopfhörern war nicht so doof gewesen, wie wir gedacht hatten. Er hatte unglaublich schnell mitbekommen, dass wir ihm auf den Fersen waren. Wie, das war selbst Jule ein Rätsel. Na ja, auch eine Lektion: Schlechter Geschmack hat nichts mit Intelligenz zu tun.

Danach erfand ich wenig glaubhafte Ausreden, nur damit ich Jule nicht mit zu mir nehmen musste. In einem Anflug von Zorn ließ sie mich stehen. Drei Tage hatte ich miese Laune und machte mir Vorwürfe.

Am vierten Tag saß sie wieder vor der Schule, als ob nichts gewesen wäre.

Wir sprachen nicht mehr über zu Hause, weder über meins noch ihres. Das Thema war tabu. Wahrscheinlich wartete sie auf eine Einladung, aber ich wollte nicht, und umgekehrt kam von ihr auch nichts. Wir trafen uns auf der Straße. Punkt. Sonst nirgends. Auf was für wackeligen Beinen unsere Freundschaft dadurch stand, sollten wir erst später merken.

Immerhin entwickelten sich meine Qualitäten als Verfolger – und das, obwohl zu zweit beschatten viel schwieriger ist. Im Straßenkino versuchte ich mich auch, aber das war nicht so meins. Dabei habe ich genug Filme geguckt, um ein ganzes Universum zu bevölkern. Aber irgendwie werden die Ideen bei mir nicht lebendig. Oder sie passen nicht zu den Leuten, die ich mir ausgucke. Jule dagegen fallen wirklich zu jedem die wildesten Geschichten ein: vom als Menschen getarnten Alien (der von Hautausschlag gezeichnete Besitzer des Kiosks) bis hin zum blutrünstigen Vampir (ein Typ mit dunklen Ringen unter den Augen, der einen ganzen Liter Tomatensaft in sich reinschüttete). Dabei tauchen manche Gestalten häufiger auf. Dr. Silberblick zum Beispiel spann ein dunkles Netz aus Verschwörung und Intrigen über die gesamte Stadt. Ich brannte darauf, ihn endlich zu Gesicht zu bekommen. Aber Jule schien das zu merken und machte sich einen Spaß daraus, ihn im Dunkeln zu lassen. Stattdessen zeigte sie mir ständig seine Handlanger oder Gegenspieler.

Meine Eltern bekamen von alldem nichts mit. Zum einen weil sich wirklich eine Magen-Darm-Epidemie unter den Lehrern breitmachte und wir häufig früher Schluss hatten, zum anderen weil ich weiter lieber Ausreden erfand, als ihnen von Jule zu erzählen. Vielleicht spürte ich, dass sie trotz des einen gemeinsamen Abendbrots nicht in die Welt meiner Eltern passte. Oder ich wollte Jule für mich behalten. Teilen war noch nie meine Stärke gewesen. Als Einzelkind lernt man das wohl nicht.

Dann kam wieder ein Freitag.

Der Freitag.

Wir hatten uns an zwei Typen rangehängt, die aussahen wie aus einem dieser alten Stummfilme, die ab und zu im Fernsehen laufen. Nicht von den Klamotten her, das waren Jeans und Hemd, völlig normal. Aber die Typen *an sich* sahen so aus: Der eine war groß und schlaksig und rauchte eine Zigarette nach der anderen. Daneben mit doppelter Schrittgeschwindigkeit ein kleiner Schmächtiger, der sich ständig umdrehte, uns aber trotzdem nicht sah, weil er die ganze Zeit auf seinen Kumpel einredete. Außerdem pfiff er sich alle paar Minuten etwas aus einer Minisprühdose in den Rachen. Keine Ahnung, ob das gegen Mundgeruch oder Asthma war.

Gerade als wir uns andere »Verdächtige« suchen wollten, weil es *zu* einfach ging, schaute der Lange sich misstrauisch um. Wir konnten gerade noch in einen Hauseingang hechten. Hatten die beiden doch was gemerkt?

Der Lange schien genauer zu gucken.

Unser Ehrgeiz war geweckt. Wir nutzten jede Deckung aus und ließen den Abstand größer werden. Plötzlich waren sie verschwunden.

Ein kurzer Sprint.

Rechts führte ein Torbogen auf einen Hinterhof. Dort mussten sie sein.

Vorsichtig schlichen wir hinterher.

Privatgrundstück. Da wird das Spiel erst richtig spannend.

Gerade noch bekamen wir mit, wie der Kleine die Tür einer Lagerhalle hinter sich zuzog.

Wir hatten sie wieder!

Ihnen zu folgen wäre zu riskant gewesen. Aber drei Meter weiter gab es ein kleines Fenster, durch das man in die Halle sehen konnte.

Wenn man zwei Meter groß war.

Zuerst dachten wir an Räuberleiter und dann einer beim andern auf die Schultern, doch da hätte nur einer gucken können. Außerdem ist Akrobatik nicht gerade meine Lieblingsbeschäftigung. Aber bevor Jule mich damit aufziehen konnte, fiel unser Blick auf eine große Mülltonne mit Rädern. So leise wie möglich schoben wir sie unter das Fenster.

Jule war zuerst oben. Sie spähte durchs Glas und pfiff durch die Zähne.

»Was denn?«, ächzte ich beim Versuch, ihr zu folgen.

»Guck's dir selber an«, flüsterte sie.

»Mach ich, wenn du mir hilfst.«

Ich war natürlich abgerutscht, zum Glück ohne Lärm. Trotzdem, den Blick hätte sie sich sparen können. Ich kam mir auch so blöd genug vor. Immerhin reichte sie mir die Hand und zog mich hoch.

Als ich endlich neben ihr meine Nase gegen die schmutzige Scheibe presste, wusste ich, was sie meinte. Die ganze Halle war voller Fahrräder, und die meisten waren echt tolle Flitzer.

»Sieht von außen gar nicht aus wie ein Fahrradladen«, flüsterte ich.

»Ist auch eine Werkstatt.« Jule musste natürlich alles besser wissen.

»Oder eine Fabrik«, versuchte ich mich ihr gegenüber zu behaupten.

»Fabrik, spinnst du? Was sieht denn hier nach Fabrik aus?«

»Was sieht denn hier *nicht* nach Fabrik aus?«

»In einer Fabrik sehen alle Fahrräder gleich aus. Die hier sind total unterschiedlich. Nee, das ist ein Forschungslabor.«

»Ein Forschungslabor? Du spinnst.«

Ich zeigte ihr einen Vogel. Aber das feuerte sie noch mehr an.

»Klar ist das ein Forschungslabor. Die entwickeln hier die neuesten Supermodelle. Mit denen ist man dann schneller als mit einem Auto.«

»Quatsch, die hier kannst du alle im Laden kaufen.«

»Du vielleicht.«

Ihre Stimme hatte plötzlich diesen speziellen Unterton, wie kurz vorm Vulkanausbruch. Aber ich ignorierte ihn und tat ihre Bemerkung als blöden Spruch ab. Meine Aufmerksamkeit war von etwas anderem gefangen genommen, was mich ganz hibbelig machte: Ich hatte das

Rad entdeckt, das ich mir letztes Jahr zu Weihnachten gewünscht und leider nicht bekommen hatte. Zu teuer, hatten meine Eltern gesagt, und dass ein neuer Computer wirklich reiche.

»Das da vorn mit dem roten Rahmen und der fetten Federung, das ist echt geil. Damit fährst du fast wie mit einem Spaceglider«, erklärte ich Jule begeistert.

»Mit einem was?«

»Damit kurven die in Star Wars rum. Das Rennen aus Episode I, das ist voll der Hammer. Anakin Skywalker, wie der sich da in die Kurven legt, so … und so …«

Ich versuchte ihr zu zeigen, was ich meinte. Aber erklär mal einem Blinden den Regenbogen. Also legte ich mich noch mehr ins Zeug, hielt mich am Fenstervorsprung fest und brachte mit einem eleganten Hüftschwung die Mülltonne in eine beachtliche Schräglage.

»Achtung!«, konnte Jule noch rufen.

Dann verloren wir den Halt unter den Füßen.

Mit lautem Getöse kippte unser Untersatz um.

EINE GEFÄHRLICHE ENTDECKUNG

Während ich mir noch den Ellbogen rieb, mit dem ich auf den Boden geknallt war, rappelte Jule sich sofort auf.

»Pass doch auf«, zischte sie.

»Tschuldigung, ich wollte nur …«, versuchte ich mich zu rechtfertigen, aber sie fuhr mir mit einem »Halt die Klappe!« über den Mund und zog mich hoch. Kaum waren wir hinter einem Haufen Gerümpel in Deckung gegangen, hörten wir, wie jemand die Tür der Lagerhalle aufriss.

Schritte.

Wer auch immer aus der Halle gekommen war, trat gegen eine leere Dose, die aus der Mülltonne gefallen war. Dann sagte eine verrauchte Stimme, die vermutlich zum Langen gehörte: »Bah, Scheißviecher.«

Irgendetwas rumpelte, ein kurzes Ächzen. Wahrscheinlich versuchte er, die Tonne aufzurichten.

»Was war denn?«

Mir blieb die Spucke weg: Die Stimme des Kleinen

klang original wie die von Jar Jar Binks, dem trotteligen Gungan aus Episode I.

»Wahrscheinlich Katzen«, antwortete der Lange.

»Sicher?«

»Was denn sonst?«

Der Lange schien genervt, der Kleine wirkte dagegen ziemlich nervös: »Ich weiß nicht.«

Diese Stimme! Ich musste kichern. Fehlte nur noch die verdrehte Sprechweise von Jar Jar – »michse nicht wissen« –, dann war die Imitation perfekt. Und der Lange klang vielleicht so ähnlich wie …

Jule stieß mich an. Ihre Augen blitzten. Für sie war das Spiel ernst.

»Hast du das gehört?«, fragte der Kleine.

»Was soll ich gehört haben?«

Ich biss mir auf die Zunge, um nicht loszuprusten. Jules Ellbogen in meiner Seite machte es nicht besser.

»Da war was«, hörten wir den Kleinen.

»Was soll denn gewesen sein?«

»Na, ein Geräusch. Ein Kichern oder so.«

»Du bist auch eine Kichererbse. Da war nichts.«

»Aber … sag mal: Stand die Mülltonne nicht vorher dahinten?«

Das dämpfte meine Heiterkeit für einen Augenblick. Ganz so blöd schien der Kleine nicht zu sein. Zum Glück hatte der Lange keine Lust auf Diskussionen.

»Nee, die stand hier. Das waren Katzen, glaub mir. Du siehst Gespenster.«

Ein paar Schritte, die sich entfernten. Anscheinend

wollte er wieder reingehen. Aber sein Kumpel war noch nicht überzeugt.

»Mir ist das echt zu heiß hier«, hörten wir ihn sagen.

»Dann steig aus, aber mach mich nicht wahnsinnig.« Der Lange wurde langsam sauer.

»Du hast doch auch Schiss.«

»Na und? Ich hab aber keinen Bock mehr auf kleine Fische. Jetzt komm, wir haben zu tun.« Wieder zwei Schritte. Und dann ziemlich laut: »Herrgott, dann steig aus! Vertick dein geklautes Zeug doch wieder auf dem Flohmarkt.«

Mein Lachen blieb mir im Hals stecken.

Scheiße, dachte ich.

Scheiße, Scheiße, Scheiße!

Dann dachte ich nichts mehr. Aber ich spürte, dass ich Angst bekam – und bestimmt mehr Schiss, als der Kleine hatte. Wenn die uns entdeckten, dann …

Ich spürte Jules Finger, die sich in meinen Oberarm krallten. Ihr ging es offensichtlich genauso.

»Nicht so laut«, zischte der Kleine. »Oder willst du das der ganzen Nachbarschaft mitteilen?«

Ein Grummeln war die Antwort.

»Hast du geguckt, ob niemand da ist?« Jetzt konnte ich seine Nervosität verstehen.

»Hab ich.«

»Hast du auch richtig nachgesehen?«

»Ja, hab ich.« Der Lange wurde wieder lauter.

»Auch da hinter dem Schrotthaufen?«

Wie auf Kommando schauten wir uns an. Ich sah meine Panik in Jules Augen.

»Ja, hab ich.«

Danke!

»Ich guck noch mal selber.«

Scheiße!

Und dann Schritte. Schritte, die näher kamen.

Wir duckten uns tiefer ins Versteck, auch wenn das völlig sinnlos war. Wenn der Kleine hierherkam, musste er uns sehen. In Luft auflösen konnten wir uns nicht. Ich war kurz davor, aufzuspringen und eine Flucht wenigstens zu versuchen, als sich ein paar schnelle Schritte über die ersten legten und die laute Stimme des Langen erklang.

»Mensch Pille, mach mich nicht wahnsinnig.«

Die Schritte stoppten. Wir hielten den Atem an. Vielleicht hatte der Lange den Kleinen festgehalten. Oder Pille, wie er wohl hieß.

»Du sollst mich nicht Pille nennen«, kam die wütende Antwort.

Na ja, anscheinend hieß er doch anders.

»Und du sollst mich nicht wahnsinnig machen!«

Der Lange war kurz vorm Explodieren. Ich konnte mir vorstellen, wie sich die beiden jetzt gegenüberstanden und giftige Blicke tauschten. Aber wir hörten nichts. Die Stille schien eine Ewigkeit zu dauern. Dann meldeten sich die Schritte wieder.

Zum Glück entfernten sie sich.

Wir atmeten erst auf, als sich die Tür hinter ihnen schloss.

DR. SILBERBLICK

»Die ganzen Fahrräder …«

»Alle geklaut«, vollendete Jule meinen Satz.

Wir wagten kaum, uns anzuschauen.

»Das ist ja …«

»… der Hammer.«

»Der Oberhammer.«

»Der Mega-Super-Oberhammer.«

Wir lagen in unserem Versteck und konnten es kaum fassen. Ein Schweineglück, dass wir nicht entdeckt worden waren.

»Bei der Menge, da steckt bestimmt die Mafia mit drin«, stieß ich hervor.

»Genau, die Russenmafia.«

»Wieso die Russen?«

Bei Mafia dachte ich eher an Italien.

»Na, die schmuggeln die alle nach Russland«, klärte mich Jule auf.

»Haben die da keine Fahrräder?«

»Mann, hab ich mal gelesen. Die haben kein Geld da, und geklaute Fahrräder sind viel billiger.«

Möglich war's ja. Aber das herauszufinden wollte ich lieber anderen überlassen. Und in solchen Fällen hatte Jule sowieso das letzte Wort.

»Was machen wir jetzt?«, fragte ich vorsichtig.

»Na, ist doch klar: Wir gehen zur Polizei.«

Das wäre auch mein Vorschlag gewesen. Bei dem Gedanken wurde ich ganz kribbelig.

»Du, das ist ja der reinste Krimi«, stieß ich sie an.

Ich fühlte mich wie eine durchgeschüttelte Dose Cola. Ihre Antwort klang, als ginge es ihr genauso.

»Aber nicht wie im Fernsehen. Nicht erfunden.«

»Die ganzen Fahrräder. Die Typen, das ist alles …«

»… voll echt.«

»Und wir sind die Superhelden.«

»Also los«, flüsterte sie und wollte aufstehen. Aber das ging mir zu schnell.

»Halt, Stopp!« Ich hielt sie zurück. Widerwillig blieb sie sitzen.

»Was denn?«

»Erst müssen wir schwören.«

»Was?«

»Ewige Treue oder so.«

»Bist du bekloppt? Ich will dich nicht heiraten.«

Sie wollte wieder hoch, aber ich ließ nicht locker.

»Ich dich auch nicht. Aber wir sind doch ein Team.«

»Na und?«

Anscheinend wusste sie echt nicht, worauf ich hinauswollte.

»Na, ein Superheldenteam. Da macht man so was. Wie Luke Skywalker und Prinzessin Leia.«

»Ich bin keine Prinzessin«, fauchte sie.

»Mann, das ist eine Kriegerin. Die kämpft gegen das Imperium, wie wir.«

»Ich kämpf nicht gegen das Imperium.«

»Doch, gegen das Fahrradklau-Russenmafia-Imperium.«

Sie starrte mich an. Plötzlich musste sie grinsen.

»Von mir aus.«

Theatralisch stand sie auf und hielt mir die Hand hin. Ich griff zu, ließ mich hochziehen und legte meine freie Hand auf ihre Schulter. Dabei schaute ich sie an. Total ernst, wie im Film. Als sie endlich ihre Mundwinkel unter Kontrolle gebracht und ebenfalls eine Hand auf meine Schulter gelegt hatte, sprach ich die Formel.

»Möge die Macht mit dir sein. Auf ewige Treue«, wiederholte sie. Wobei sie Mühe hatte, nicht loszuprusten.

Trotzdem, in diesem Moment war ich Luke Skywalker. Und sie war Prinzessin Leia, meine Verbündete im Kampf gegen die dunkle Seite. Ich spürte, wie die Macht in mich hineinströmte, durch mich hindurchfloss und mich ganz und gar ausfüllte. Es war eine Transformation: Ich blieb ich und wurde trotzdem ein anderer, sozusagen eine höhere Stufe meiner selbst. Als die Verwandlung abgeschlossen war, rannte ich los.

»Jedi-Ritter, mir nach!«, gab ich das Kommando – und

blieb nach ein paar Metern wie angewurzelt stehen. Jule rannte in mich hinein.

»Aua, was denn jetzt noch?«

»Da … da kommt wer!«

Ein fröhliches Fahrradklingeln schallte uns aus der Hofeinfahrt entgegen. Ich wusste nicht, ob ich vor- oder zurücklaufen sollte.

Meine ganze Macht war weg, als hätte jemand den Stöpsel gezogen. Jule packte mich und zog mich nach hinten in unser Versteck. Gerade rechtzeitig. Kaum waren wir abgetaucht, hörten wir, wie ein Radfahrer auf den Hof kam und die Tür der Lagerhalle aufgerissen wurde.

»Sag mal, geht's noch lauter?«, hörten wir Pille schimpfen.

»Wieso, ist doch niemand hier.« Der Fahrradfahrer schien wenig beeindruckt.

»Trotzdem. Hat Paul verboten.«

Aha, der andere hieß also Paul. Das war anscheinend der Boss von den dreien, denn die Stimme des Neuen wurde etwas unterwürfiger.

»Ist okay, kommt nicht wieder vor«, gab er nach.

Ich merkte, wie Jule mit jedem Satz des Radfahrers unruhiger wurde.

»Hey Tim, alter Schmarotzer«, meldete sich jetzt der Lange zu Wort.

»Hey, Paul. Guck mal, was für ein geiles Bike ich abgezogen habe.«

Beim Namen des Neuen war Jule zusammengezuckt. Ich guckte sie fragend an, aber sie achtete nicht auf mich.

Wie von einem Magnet angezogen, richtete sie sich langsam auf.

»Nicht schlecht, Respekt«, ging vor uns die Unterhaltung weiter.

»War auch nicht leicht zu knacken.«

»Anfängerglück.«

Ich hörte kaum hin. Krampfhaft versuchte ich, Jule unten in der Deckung zu halten. Aber ich konnte nichts machen. Sie schien mich völlig vergessen zu haben. Gleich musste sie entdeckt werden …

Plötzlich sackte sie zurück und starrte mich an. Ohne mich zu sehen. Ihr Blick ging durch mich hindurch wie ein Laserschwert durch Butter.

»Und guck mal, was ich gefunden habe. Das Geld liegt heute wirklich auf der Straße.«

Ich achtete nicht auf das, was der Neue sagte. Ich musste wissen, was Jule gesehen hatte. Obwohl ich mir vor Angst fast in die Hosen machte. Vorsichtig schob ich mich hoch.

Da, ein Spalt zwischen zwei Brettern. Dort, wo Jule geguckt hatte.

Dann sah ich ihn. Den Neuen.

Etwas Silbernes leuchtete da, wo sein linkes Auge hätte sein sollen. Es gab ihn wirklich.

Dr. Silberblick!

»Damit kannst du kleine Kinder bespaßen, aber nicht mich. Jetzt komm endlich.«

Den Satz von Paul hörte ich vor Schreck nicht richtig. Zum Glück folgten die beiden anderen seiner Aufforderung. Die Tür der Lagerhalle schloss sich hinter ihnen. Aber zum Aufatmen blieb keine Zeit, denn plötzlich brüllte Jabba the Hutt.

BROOOOAAHR!!!! BROOOOAAHR!!!!

Wir zuckten zusammen.

Scheiße, mein Handy!

Das hatte ich total vergessen.

DIE JÄGER WERDEN GEJAGT

»Mach das Ding aus!«

Jules Stimme riss mich aus meiner Angststarre. Hektisch friemelte ich das verflixte Gerät aus meiner Hosentasche und drückte den Anruf weg. Im selben Moment ging die Tür der Lagerhalle auf.

»Habt ihr das gehört?«

Das war Pilles Stimme. Der stand bestimmt auf der Schwelle und nahm Witterung auf.

»Was?«, hörten wir Paul von drinnen.

»Das Geräusch eben.«

»Was für ein Geräusch?«

»Klang wie das Rülpsen einer Monsterkröte.«

»Du bist auch eine Monsterkröte.«

»Nee, echt!«

»Spinn nicht rum und komm rein. Wir haben zu tun.«

»Aber …«

»Nichts aber!«

Bevor Pille weiterprotestieren konnte, röhrte mein Handy erneut los.

BROOOOAAHR!!!! BROOOOAAHR!!!!

Jule sprang auf, gab mir einen Stoß und sprintete los. Ich stolperte hinterher. In meinem Rücken hörte ich Pille brüllen.

»Paul, schnell! Da ist wer!«

BROOOOAAHR!!!! BROOOOAAHR!!!!

Ich brauchte mich nicht umzudrehen, um zu wissen, dass er hinter uns her rannte. Und sein Kollege bestimmt auch – und der hatte wesentlich längere Beine als wir.

BROOOOAAHR!!!! BROOOOAAHR!!!!

Zum Glück mussten wir nicht an der Lagerhalle vorbei, der Hofausgang lag in unserer Richtung. Wir hetzten hindurch.

BROOOOAAHR!!!! BROOOOAAHR!!!!

Hoffentlich jagte uns nicht Dr. Silberblick mit dem Fahrrad hinterher.

BROOOOAAHR!!!! BROOOOAAHR!!!!

Während wir um unser Leben rannten, brachte ich die Höllenmaschine endlich zum Schweigen. Ich verfluchte meine Mutter. Ihre ständige Sorge, ihr ewiges Kontrollieren. Dabei war alles meine Schuld. Ich hätte das Ding nur ausstellen müssen.

Oder wenigstens auf Vibrationsalarm.

Jule war natürlich schneller als ich, aber auch mir machte die Angst Beine. Mein Sportlehrer hätte sicher Augen gemacht, wenn er mich so hätte sprinten sehen. Und unser Slalom auf dem Bürgersteig um die Fußgänger herum war bestimmt actionfilmtauglich. Aber daran dachte ich nicht. Nur an eins: laufen, laufen, laufen.

Direkt vor mir hetzte Jule die Straße runter, bog um die Ecken und warf dabei ab und zu einen Blick hinter sich. In ihren Augen konnte ich sehen, dass die Jagd noch nicht zu Ende war. Also weiter: laufen, laufen, laufen.

Mein Atem ging schneller, mein Keuchen wurde lauter und meine Beine fingen an zu protestieren. Hinter mir hörte ich es ebenfalls keuchen.

Ein Keuchen, das bedrohlich näher kam.

Ich rechnete bereits damit, dass mich mein Verfolger packen würde, als Jule auf eine Bushaltestelle zusteuerte, an der ein paar Leute warteten. In einem Affenzahn schlängelte sie sich durch. Ich direkt hinterher. In meinem Rücken hörte ich empörte Rufe: »Na, hören Sie mal!«, »Was soll das?«, »Spinnen Sie?«, »Heben Sie das gefälligst auf!«

Glück gehabt. Anscheinend waren unsere Verfolger nicht so gut durchgekommen. Wir hatten wieder einen kleinen Vorsprung.

Nur für wie lange?

Jule rannte unbeirrt weiter, aber meine Beine konnten nicht mehr. Der Abstand zwischen uns wurde immer größer. Als sie um die nächste Ecke bog, war sie schon zwanzig Meter vor mir. Wenn ich nicht einen Zahn zulegte, musste ich sie aus den Augen verlieren. Ich überredete meinen Körper zu einer letzten Kraftanstrengung. Gleichzeitig wusste ich, dass es umsonst war.

Spätestens hinter dieser Ecke würde ich aufgeben.

Tschüss. Prinzessin Leia, dachte ich. Du hast eine Flasche als Partner gehabt.

Sie stand direkt vor mir.

»Runter«, zischte sie, als ich in sie hineinstolperte.

Ich hatte keine Ahnung, was sie meinte, aber da hatte sie mich bereits unter ein parkendes Auto gezerrt.

Keine Sekunde zu früh.

Wir sahen zwei Paar Schuhe, die angerannt kamen und vor unseren Gesichtern stehen blieben.

»Wo sind sie?«, hörten wir Pille keuchen.

Er schien völlig außer Atem. Aber ich war auch total aus der Puste und dankbar für den Straßenlärm um uns herum: Hoffentlich hörten sie meine Luftpumpe nicht.

»Scheiße. Ich sehe sie nicht mehr.«

Das war Paul. Dr. Silberblick hatte sich anscheinend nicht an der Jagd beteiligt.

»Was jetzt?«, fragte Pille. »Du da lang, ich da?«

Seine Füße wollten sich wieder in Bewegung setzen, aber Paul hielt ihn zurück, von einem Hustenanfall geschüttelt.

»Ach komm, lass. Das waren bloß spielende Kinder.«

»Ja und? Wenn die was gesehen haben?«

»Was sollen die gesehen haben?«

»Zum Beispiel Fahrräder.«

»Ja und?«, äffte Paul seinen Kompagnon nach. »Fahrräder in Schuppen unterzustellen ist völlig legal.«

Ein kurzes Lachen folgte, das nahtlos in einen trockenen Husten überging.

»Was ist daran komisch?«

»Mann, sind die gerannt. Wie die Hasen. Die haben bestimmt gedacht, sie tun selbst was Verbotenes.«

»Sehr witzig.« Pille schien Pauls Humor nicht zu teilen.

»Ach, bleib locker«, hustete der Lange. »Willst du eine?«

»Nein danke!«

Wütend trat Pilles Fuß gegen den Reifen des Autos, direkt vor meiner Nase. Ich zuckte zurück. Dann fiel eine Zigarette zwischen den Beinen zu Boden und rollte halb zu uns unter das Auto.

»Scheiße«, hörten wir Paul murmeln.

Scheiße!, echote es in meinem Kopf. Eine Hand streckte sich tastend nach der Zigarette. Ich schloss die Augen. Das Ende wollte ich nicht sehen.

Rauchen kann tödlich sein, dachte ich.

Als ich die Augen wieder öffnete, waren Zigarette und Beine verschwunden.

EIN RISS IN DER MAUER

Ich weiß nicht, wie lange wir unter dem Auto liegen blieben. Hätte Jule sich nicht aufgerappelt, läge ich wahrscheinlich immer noch da, selbst wenn die Karre längst weggefahren wäre. Völlig benommen kroch ich hinter ihr aus unserem Versteck. Wortlos setzten wir uns in Bewegung.

Eine Weile gingen wir nebeneinanderher, ohne klares Ziel. Hauptsache weg. Endlich brach ich das Schweigen.

»Mann, hab ich mich erschreckt.«

Sie antwortete nicht.

»Du aber auch, oder?«

Jetzt wollte ich unbedingt reden, aber Jule reagierte nicht.

»Was ist denn?«

Schweigen.

»Alles okay?«

Jule schüttelte den Kopf. Immerhin etwas.

Ich rang mit mir, dann sagte ich: »Ich hätte uns fast reingeritten, was?«

Jule zuckte mit den Schultern. Mein Schuldeingeständnis schien sie nicht die Bohne zu interessieren. Als ob es mir leichtfiel, das zu sagen. Ich wurde sauer.

»Aber du hast doch gesagt, den gibt's nicht.«

Jule schaute mich irritiert an.

»Wen?«

»Dr. Silberblick.«

»Dr. was?«

»Dr. Silberblick. Den mit dem Silberauge. Von dem du immer erzählst.«

Völlig unvermittelt schubste sie mich und brüllte: »Das war eine Münze. Der Idiot hat sich eine Münze ins Auge geklemmt. Solche Scherze macht der …«

Sie verstummte abrupt und stiefelte weiter. Ich brauchte einen Augenblick, um mich wieder einzukriegen.

Tschüss, Dr. Silberblick. Die Realität war so banal.

»Ach so. Aber … du hast dich auch erschreckt, oder?«, schloss ich zu ihr auf.

»Ich? Natürlich! Mann, das war …« Sie brach wieder ab und versuchte ein Grinsen. »Aber nur im ersten Moment. Da … da hab ich auch gedacht, das ist Dr. Silberblick. Dabei hab ich den selbst erfunden.« Sie lachte gekünstelt und kickte einen Stein weg. »Scheiße, bin ich blöd.«

Dann versank sie in Gedanken. Ich atmete tief durch und versuchte, das Gespräch erneut in Gang zu bringen.

»Und? Was ist?«, fragte ich. »Gehen wir jetzt zur Polizei?«

Heftig schüttelte sie den Kopf.

»Nein! Nein, das geht nicht«, stieß sie hervor. Fast ängstlich.

Verwundert blieb ich stehen.

»Wieso denn nicht?«

Sie schien weglaufen zu wollen, aber dann drehte sie sich zu mir um und schrie: »Die … die glauben uns doch nicht!«

Wütend sah sie mich an. Ich verstand nichts mehr. Woher kam diesmal der Stimmungswechsel? Wenn ich sie nicht an meine Sachen ranlassen wollte, konnte ich nachvollziehen, dass sie sauer wurde. Aber jetzt …? Das mit der Polizei hatten wir doch verabredet?! Das war unser Plan gewesen.

»Woher willst du das wissen?«, fragte ich verwirrt.

»Weil … wir … wir haben keine Beweise.«

Langsam kriegte sie sich wieder unter Kontrolle. Aber ich kapierte trotzdem nichts.

»Na und? Aber wir haben genug gehört, um …«

»Ohne Beweise geh ich nicht zur Polizei«, schnitt sie mir das Wort ab.

Aber nun wurde *ich* stinkig.

»Und warum nicht?«

»Weil … das ist Verdächtigung Unschuldiger. Das ist verboten. Nachher stecken die uns ins Gefängnis.«

Inzwischen standen wir einander gegenüber wie zwei Kampfhähne.

»So ein Quatsch«, hielt ich dagegen. »Wir haben nichts getan.«

»Ja, aber wenn wir Unschuldige verdächtigen …«

»Aber das sind keine Unschuldigen. Das sind Fahrraddiebe.«

»Woher …«

»Das ist das Fahrradklau-Russenmafia-Imperium«, schrie ich sie an.

»Weißt du gar nicht.« Trotzig verschränkte sie die Arme vor der Brust.

»Die Beweise stehen doch da rum.«

»Wo?«

»In der Halle. Die Fahrräder. Die sind Beweis genug.«

»Vielleicht auch nicht. Vielleicht sind die völlig neu zusammengeschraubt, jedes Rad aus Tausend anderen. Sodass keiner mehr was erkennen kann. Von dem einen das Licht, von dem anderen der Lenker … wie das Monster von Frankenstein. Das ist auch zusammengebastelt worden, aus Tausend anderen Menschen. Und dann war das ein völlig neuer Mensch … also ein völlig neues Monster.«

Ich war fassungslos.

»Was redest du für'n Stuss?«

»Das ist kein Stuss.« Sie stampfte mit dem Fuß auf. »Das machen die so, bestimmt.«

»Du spinnst wieder rum.«

»Nein.«

»Doch. Komm, wir gehen zur Polizei.«

»Nein!«

»Wieso nicht?«

Ich merkte, wie Panik in ihr aufstieg. Eine Panik, die sie nur mühsam kontrollieren konnte.

»Weil …«, sie zögerte, dann schien sie sich gegen etwas zu entscheiden. »Das kann ich nicht sagen.«

»Dann geh ich alleine.«

Ich hatte die Schnauze voll. Die meisten Jungs aus meiner Klasse sagen ohnehin, Mädchen ticken nicht richtig. Anscheinend hatten sie recht. Irgendwann knallt bei denen eine Sicherung durch und dann geht nichts mehr. Reden jedenfalls nicht. Erhobenen Hauptes wandte ich mich zum Gehen.

Aber Jule hielt mich am Arm fest.

»Mann, das geht nicht!«

»Und warum nicht?« Ich versuchte, sie abzuschütteln.

»Weil das nicht geht!«

»Warum nicht?«

»Das ist meine Sache.«

Das Bitten in ihrer Stimme hörte ich nicht. Mit einem Ruck machte ich mich frei.

»Sind wir ein Team?«, blitzte ich sie an.

»Was hat das damit zu tun?«

»Wenn wir ein Team sind, dann ist das auch meine Sache.«

Wir starrten uns an. Ich war wütend, aber Jule schien gegen Tränen zu kämpfen. Langsam wurden ihre Augen feucht. Aber mir war das egal.

»Dann eben nicht!«, zischte ich und ging davon.

Ich war keine drei Schritte weit, da bekam ihre Mauer einen Riss. Die tonlose Stimme traf mich wie ein Pfeil von hinten.

 »Das war mein Bruder.«

HINTER DER MAUER

Hast du es endlich kapiert?

Ja, genau. Mein Bruder klaut Fahrräder.

Ist egal, sagst du?

Okay, du sagst es nicht. Du denkst es. Weil es ja nur *mein* Bruder ist. Aber stell dir vor, du wärst an meiner Stelle.

Stell dir vor, *dein* Bruder klaut Fahrräder.

Nicht nur eins, nein. Wenn schon, denn schon. Erzählt hat er dir natürlich nichts, wieso sollte er auch? Er ist ja fast erwachsen, meint er jedenfalls. Und deswegen benimmt er sich in letzter Zeit wie der größte Idiot, zumindest dir gegenüber.

Trotzdem ist das nicht nur dein einziger Bruder, sondern auch der einzige Mensch auf der Welt, der sich überhaupt mit dir abgibt. Weil dein Vater kurz nach deiner Geburt abgehauen ist und deine Mutter den ganzen Tag versucht, mit irgendwelchen beschissenen Jobs genug

Kohle zusammenzukratzen, um die Miete zu zahlen und euch durchzufüttern.

Okay, hab ich bisher nicht erzählt. Sorry, meine Schuld. Also noch mal von vorn. Oder fast von vorn.

Stell dir vor, es ist ein ganz normaler Tag.

Irgendeiner, von mir aus der Dienstag vor einer Woche.

Du kommst nach Hause, spät nachmittags. Die Schule ist seit Stunden vorbei, aber niemand wartet auf dich, und ein eigenes Zimmer hast du auch nicht. Also, was sollst du da? Aber du hast Hunger und irgendwie … keine Ahnung. Sehnsucht würde ich es nicht nennen und Hoffnung erst recht nicht, aber so was in der Art. Nur so klein, dass du es selbst nicht merkst.

Vielleicht gehst du auch nur aus Gewohnheit nach Hause.

Schon im Treppenhaus hörst du, dass dein Bruder vor der Glotze hängt und die ganze Wohnung beschallt. Du weißt, dass er mit dieser obercoolen »Alles-langweilig«-Miene durch die Programme zappt und nichts an sich ranlässt, weil er sechzehn ist und das dazugehört wie Jogginghose und Basecap. Deine Begrüßung, ein im Flur genuscheltes »Hi«, wird zurückgenuschelt. Nicht einmal einen Blick wirfst du ins Wohnzimmer.

Stattdessen gleich in die Küche. Vorhin hattest du nur Hunger auf irgendwas, aber jetzt willst du was BESTIMMTES!

Aber das musst du erst suchen.

Die meisten Verstecke kennst du, die kannst du weglassen. Deine Mutter ist nicht blöd, Wiederholung ist nicht. Du wühlst alle Schränke durch, aber heute hast du kein Glück. Enttäuscht gehst du ins Wohnzimmer und wirfst dich neben deinem Bruder auf die Couch … und dann zieht der völlig nebenbei das Ziel deiner Wünsche aus der Sofaritze und tunkt seine Finger rein.

Ein Griff, und das Nutella-Glas ist deins.

»He, Jule, was soll der Scheiß?«

Du sitzt längst nicht mehr neben ihm. Bis er fluchend hochkommt, hast du die erste Ladung im Mund. Aber dann ist das Überraschungsmoment vorbei, und du versuchst nur noch, das Glas für dich zu behalten: in die linke Hand, rechte Hand, oben, unten, hinterm Rücken.

Plötzlich steht deine Mutter in der Tür.

»Jule! Tim! Was macht ihr da? Man hört euch bis auf die Straße. Macht den Fernseher gefälligst leiser.«

Dein Bruder dreht ab, greift nach der Fernbedienung, drückt widerwillig die Lautstärke runter und lässt sich aufs Sofa plumpsen. Du bist jetzt egal. Kein Wunder. Der Trumpf in deinen Fingern ist zur Arschkarte geworden.

Deine Mutter stellt ihre Einkaufstaschen ab, zieht ihre Jacke aus und schimpft weiter: »Könnt ihr euch nicht vertragen? Ich hab genug Ärger auf der Arbeit, mir reicht`s.«

Die Hände hinterm Rücken, suchst du fieberhaft nach einem Versteck für das Nutella.

»Was war denn los?«, fragst du interessiert und schiebst dich langsam näher an die Regalwand heran.

»Ach nichts.«

»Klingt aber nicht so.«

Deine Mutter schnaubt ein »Reicht doch, wenn sich einer ärgert« in den Raum und schmeißt ihre Jacke auf einen Stuhl. Die Chance musst du nutzen, aber deine schnelle Bewegung lässt sie stutzen.

»Und?«, fragst du unschuldig. Das verdammte Glas hältst du immer noch hinter deinem Rücken versteckt.

»Ach, ich musste aufs Amt. Deswegen hab ich extra die Nachmittagsschicht abgegeben.«

»Ja und?«

Endlich bückt sich deine Mutter nach ihren Schuhen und du kannst dich weiter vorarbeiten.

»Dieser Knallkopf von einem Filialleiter hat mich nicht gehen lassen.« Sie hebt die Stimme und äfft ihren Chef nach: »Wir müssen alle zurückstecken, Frau Wolff. Denken Sie an die Krise, die macht keinen Bogen um Sie, nur weil Sie so hübsche braune Augen haben.« Dann ist sie wieder sie selbst, aber auf hundertachtzig: »Zurückstecken! Ich hab diesen Monat mehr als 30 Überstunden gemacht.«

»Na, ist doch prima«, sagst du, während du dich darauf konzentrierst, die Schublade hinter dir zu öffnen. »Dann haben wir mehr Geld.«

»Denkste! Die sind alle unbezahlt.« Ihre Schuhe fliegen durch die Luft. »Aber bei dem Hungerlohn ist das sowieso egal.«

Ein kurzer Ruck mit deinen Händen.

»Jule?«

 Mist, die doofe Schublade hat gequietscht.

»Was wolltest du denn auf dem Amt?«, versuchst du abzulenken. Aber deine Mutter ist jetzt misstrauisch.

»Wegen des Geldes, das wir eigentlich von eurem Vater kriegen müssten.«

»Ich denk, der hat nichts.«

Dein Vater ist ein dankbares Thema, wenn es darum geht, Dampf abzulassen. Ihr Ton wird gleich einen Zacken schärfer.

»Hat er auch nicht. Deswegen haben wir das Geld bisher vom Amt bekommen.«

»Ja und?«

»Und jetzt ist Sense. Punkt, aus, Ende.«

»Aber wieso das?«

»Keine Ahnung. Ich war ja nicht auf dem Amt.«

Plötzlich dröhnt Geballer durch das Zimmer. Deine Mutter zuckt zusammen, aber dann wird sie noch lauter.

»Tim, mach den Fernseher leiser!«

»Wenn ihr so laut redet …«, mault dein Bruder.

»Mach das Ding leiser, sonst mach ich das mit der Axt!«

»Damit kannst du nicht umgehen.«

»Dann nehme ich eben die Küchenschere.«

Ein paar energische Schritte, dann schnappt sie sich die Fernbedienung und schaltet die Kiste ab. Das ist deine Chance.

Glas rein, Schublade zu.

»Jule, was machst du da?«

»Nichts.«

»Na, dann zeig mir mal dein Nichts.«

Kein Problem. Du hast nichts mehr zu verbergen. Du

streckst deine Hände vor und machst ein unschuldiges Gesicht.

»Und jetzt zwei Schritte zur Seite.«

Deine Miene friert ein, deine Siegesgewissheit ist futsch. Du hast dich kaum bewegt, da ist deine Mutter bei der Schublade und hat den Beweis in der Hand.

»Jule, wir können nicht jeden Tag ein neues Nutella-Glas kaufen, das können wir uns nicht leisten.«

»Ich hab nur einen Finger ...«, versuchst du dich zu verteidigen.

»Auch nicht jede Woche.«

»Tim hat viel mehr ...«

Aber das interessiert deine Mutter nicht.

»Wenn du dich nicht an die Abmachung hältst, dann kauf ich das Zeug überhaupt nicht mehr. Dann gibt's ab jetzt die Billigvariante.«

»Kannst du nicht mal so eins einstecken?«

Das hättest du nicht sagen sollen. Ihre Hand ist schon oben, aber deine Mutter kriegt sich gerade noch ein.

»Jule!«, ist alles, was rauskommt.

Sie weiß, dass ihre Hand nie dort oben hätte sein sollen. Trotzdem musst du eure Abmachung herunterbeten: Sonntags ein Nutella-Brot und an Geburtstagen, soviel du magst – klar, nur aufs Brot.

Mit Hausaufgaben lässt sie dich danach zum Glück in Ruhe, wie meistens. Weil es genug Stress war und weil sie keine Zeit dafür hat oder nicht den Kopf oder was weiß ich. Und während sie die Plastiktüten leert, kannst du dir weitere Storys über ihre Arbeit anhören oder wahlweise was über Mieterhöhung, Ämterscheiß oder die unbezahlten Raten für den Fernseher. An dein letztes Geburtstagsgeschenk, den »Kinogutschein«, brauchst du sie gar nicht erst zu erinnern, du kennst die Antwort: »Nächste Woche. Gerade haben wir kein Geld.«

Später hängst du dich neben deinen Bruder, schiebst dir zwei Brote mit der ewig gleichen Wurst rein und streitest dich ums Programm. Was in der Glotze läuft, ändert sich. Aber was davor abläuft, sieht jeden Tag so aus.

So oder so ähnlich.

Denn das ist deine Familie.

GETRENNTE WEGE

»Das war mein Bruder.«

»Wer?« Ich war stehen geblieben, wie festgenagelt.

»Der dazukam.«

Zögernd drehte ich mich zu Jule um. Ihr Blick irrte umher wie ein Gefangener, der verzweifelt einen Ausweg sucht.

»Der mit der Münze.« Ihre Stimme war kaum zu hören. »Dr. Silberblick.«

Endlich fiel bei mir der Groschen.

»Ach du Scheiße. Das ist …?«

Ich wollte es nicht glauben, nicht mal aussprechen. Mit dem Handrücken wischte Jule sich die Tränen weg und versuchte, zu lächeln. Langsam bekam sie ihre Stimme wieder in den Griff.

»... mein Bruder«, ergänzte sie meine Worte.

»Ach du Scheiße«, wiederholte ich. Mehr war nicht drin.

»Ich kann doch nicht meinen Bruder verpfeifen.«

»Nee.«

Ich wusste nicht, was ich sagen sollte. Oder machen sollte. Ich konnte sie schlecht in den Arm nehmen oder so was, was meine Mutter an Trostspendern parat hat. Aber mitfühlendes Schweigen ist auch nicht mein Ding …

»Wieso eigentlich nicht?«, rutschte es mir raus.

Jule sah mich ungläubig an.

»Spinnst du? Schon mal was von Familie gehört?«

Gleich einen Rückzieher machen ging nicht. Also musste ich meinen Standpunkt ausbauen.

»Das sind Diebe.«

»Na und? Hast du noch nie ein Kaugummi geklaut?«

»Das ist was anderes. Das ist …«

»Ja, ich weiß: das Fahrradklau-Russenmafia-Imperium«, spottete sie.

»Du bist blöd.«

»Sind wir ein Team?«

Ihre Tränen waren verdampft. Jetzt sprühten ihre Augen wieder, allerdings nicht vor Teamgeist.

»Auf einmal«, erwiderte ich bockig.

»Wenn wir ein Team sind, gehst du nicht zur Polizei.«

»Aber …«

»Du hast geschworen, auf ewige Treue. Gerade eben.«

»Da wusste ich nicht, dass …«

»Na und? Sind wir ein Team oder nicht?«

»Aber …«

»Wie dein Luke Skywalker und diese Prinzessin.«

Sie hatte recht. Mit meiner blöden Star-Wars-Fantasie hatte ich mich selbst reingeritten. Meine wackelige Freundschaft zu Jule hätte ich vielleicht über Bord geworfen. Aber den Eid konnte ich nicht brechen, auf keinen Fall. Ein Verräter – nein danke, das wollte ich nicht sein. Ich saß in der Zwickmühle.

»Na, dann ...« Verzweifelt suchte ich nach einem Ausweg. »Dann rede mit deinem Bruder.«

»Was soll ich mit dem reden?«

»Dass er zur Polizei geht. Die sind bestimmt dankbar und lassen ihn laufen.«

»Wie stellst du dir das vor?« Sie machte einen auf Lehrerin und flötete: »Hallo Tim, ich weiß, was du machst. Jetzt sei schön artig und geh zur Polizei.«

»Genau.«

Ich glaubte mir selbst kein Wort. Nicht mal das eine. Kein Wunder, dass sie mir einen Vogel zeigte.

»Mann, der ist vier Jahre älter als ich.«

Aber eine andere Idee hatte ich nicht. Also musste *ich* mit dem Kopf durch die Wand.

»Okay. Wo wohnst du?«

Verdutzt schaute sie mich an: »Was soll das denn jetzt?«

»Wo du wohnst?«

»Sag ich nicht.«

»Tolles Team«, erinnerte ich sie an unseren Schwur.

Erfolgreich. Zögernd rückte sie mit der Antwort raus.

»Bredowstraße 6.«

»Wo muss ich klingeln?«

»Bei Wolff.«

»Gut, dann rede ich mit ihm.«

Heldenmütig wandte ich mich zum Gehen. Aber sie hielt mich fest.

»Spinnst du? Du kennst den nicht. Der … der bringt dich um.«

Das war keine angenehme Aussicht. Und ob ihre Befürchtung realistisch war, konnte ich nicht beurteilen.

»Dann eben nicht.« Halb beleidigt, halb erleichtert machte ich mich los. »Ist sowieso eine blöde Idee. Dann ist die Bande nämlich gewarnt und lässt alle Beweismittel verschwinden.«

»Hundert Fahrräder verschwinden nicht so leicht.«

»Wenn das Profis sind, schon.«

Immerhin: Ich hatte guten Willen gezeigt. Ich hatte nach einem Ausweg gesucht. Aber wenn Jule alle Vorschläge ablehnte? Dann war sie selbst schuld, dass ich irgendwann die Schnauze voll hatte. Sie hatte den Eid genauso geschworen, und wenn sie ständig unsere Teamarbeit blockierte …

»Wo willst du hin?«

Ich hatte mich an ihr vorbeigedrängt. Jetzt drehte ich mich nicht mal nach ihr um: »Ich geh zur Polizei.«

Der Aufprall traf mich völlig unvorbereitet. Plötzlich lag ich am Boden, Jule über mir.

»Das machst du nicht«, schrie sie.

Ich versuchte, mich zu befreien.

»Das mach ich wohl.« Ich ließ mich doch nicht von einem Mädchen unterkriegen.

»Machst du nicht!« Sie war nicht nur stark, sondern auch verzweifelt.

»Mann, das sind Kriminelle.«

Die Finger um meine Handgelenke gekrallt, drückte sie mich runter. Ich kam nicht hoch.

»Mein Bruder ist nicht kriminell.«

»Er hat sich mit der dunklen Seite der Macht eingelassen …«

»Mann, du hast sie nicht mehr alle.«

»… mit der dunklen Seite der Macht …«

»Das ist nicht dein bescheuertes Star Wars«, fauchte sie.

Ich versuchte, mich zu öffnen. Wo blieb die helle Seite der Macht? Die musste mich doch durchströmen!

»Ein Jedi-Ritter bekämpft die dunkle Seite der Macht«, beschwor ich meinen Glauben. Ich war wie in Trance. Die Bilder über mir verschwammen …

Trotzdem: Da floss keine Kraft. Nichts, null, nada. Da lag ja auch kein Luke Skywalker, sondern nur Lukas Erdmann. Ein Junge, der sich von einem Mädchen unterkriegen ließ und der es kaum schaffte, seine Hände ein Stückchen näher Richtung Kopf zu ziehen.

Ich schämte mich bereits dafür, während ich es tat. Ihr Handgelenk war jetzt direkt neben meinem Gesicht. Ich hatte keine andere Wahl.

Mit aller Kraft biss ich zu.

Eine Sekunde später war ich frei. Dann rannte ich, als ginge es um mein Leben. Hinter mir hörte ich Jule mit einer Stimme aus Wut und Tränen.

»Das ist kein Spiel, du Idiot. Das ist mein Bruder!«

ALARMSTUFE ROT

Auch wenn dein Bruder ein Arsch ist, in der Not kannst du dich auf ihn verlassen. Es gibt vor allem keinen, der so gut die Unterschrift deiner Mutter fälschen kann. Kunststück, nach den vielen eigenhändigen Krankschreibungen.

Ja, du hast richtig gehört: Dein Bruder schwänzt ab und zu die Schule, und du machst es ihm nach. Inzwischen überholst du ihn sogar dabei, zumindest was die Häufigkeit betrifft.

Angefangen hat es vielleicht mit einem Test, für den du nicht gelernt hast. Eine Notsituation sozusagen. Du fragst deinen Bruder, was du machen sollst. Erst kommt natürlich ein doofer Spruch – »Lernen!« –, aber du lässt nicht locker. Du packst ihn bei seiner Eitelkeit und fragst, was er in solchen Fällen anstellt. Da kann er einen auf groß machen … und deshalb hast du fünf Minuten später deine erste gefälschte Entschuldigung in der Hand. Die

Unterschrift und alles andere sehen exakt so aus, als hätte dir deine Mutter vorher das Fieberthermometer irgendwohin geklemmt und danach die Hände über dem Kopf zusammengeschlagen.

Und weil alles so gut klappt, brauchst du bald keinen Test mehr.

Vielleicht hat dich die Mathelehrerin auf dem Kieker und holt dich ständig nach vorn, immer bei den schweren Aufgaben. Die anderen kichern schon, wenn sie nur deinen Namen sagt. Vielleicht ist es auch der Deutschlehrer oder der Sportlehrer, oder es sind die blöden Zicken aus deiner Klasse.

Oder die ganze bescheuerte Schule an sich.

Als dein Bruder streikt, weil du ihn irgendwann ständig fragst, probierst du es selbst. Aber du siehst gleich, dass du *das* Resultat nicht deinem Lehrer zeigen kannst. Also musst du weiter deinen Bruder bearbeiten. Im Normalfall bettelst du ihn nur um eine Unterschrift an, aber gestern …

Gestern hat er dich wirklich gerettet.

Ihr seid zu Hause, er wie immer im Wohnzimmer vor der Glotze, du in eurem Zimmer mit Manga vor der Nase. Deine Mutter ist auf Arbeit, wahrscheinlich wieder Extraschicht. Dann klingelt im Flur das Telefon.

Du brüllst durch die Wohnung.

»Tim, Telefon!«

Er brüllt zurück.

»Wer ist dran?«

Dass er den Hintern hochkriegt, kannst du vergessen, obwohl sicher einer seiner Kumpels dran ist. Von dir will selten jemand was. Aber weil du sonst keine Ruhe hast, rappelst du dich auf und bereitest dem Klingeln ein Ende.

»Ja, hier Jule Wolff.«

Und dann würdest du den Hörer am liebsten fallen lassen.

Aber du hast keine Wahl, du musst dranbleiben. Deine Stimme ist an der Oberfläche arschfreundlich, doch darunter hast du Schiss.

Richtig fetten Schiss.

»Ach, Herr Weinert. Sie sind das … nee … na, Fieber und Bauchschmerzen und so … Durchfall hab ich auch … nee, meine Mutter ist nicht da … weiß nicht, die ist so gut wie nie da, das ist echt schwierig … nee, auch abends häufig nicht.«

Der Weinert ist dein Klassenlehrer – und es ist das erste Mal, dass du seine Stimme durchs Telefon hörst. Der ruft bestimmt nicht an, um dir gute Besserung zu wünschen.

»Nee, vorbeikommen ist noch schlechter … nee, das geht eigentlich gar nicht … na, weil, weil …«

Jetzt brauchst du dringend eine Idee. Eine gefälschte Unterschrift reicht nicht mehr, da muss dir schon was anderes einfallen.

»Oh, ich glaub, Sie haben Glück. Ich hör grad was. Ich glaub, meine Mutter kommt die Treppe rauf … ja, einen Moment.«

Du krampfst die Hand ums Telefon – nichts darf am anderen Ende von dem zu hören sein, was jetzt passiert – und steckst deinen Kopf ins Wohnzimmer.

»Tim, Telefon!« Den Schreck in deiner Stimme hast du kaum unter Kontrolle.

Genervt kommt die Antwort: »Wer ist es denn?«

»Irgendeine Susi.«

Schon steht er neben dir und blafft dich an: »Gib her.«

Aber du ziehst das Telefon weg und zischst: »Tim, Notfall.«

»Ja. Gib her!«

»Tim! Das ist mein Klassenlehrer.«

»Ich denk …«

»Bitte! Alarmstufe Rot! Du musst Mama spielen!«

»Was?«

Du weißt, dass es Wahnsinn ist. Aber dir bleibt nur die Flucht nach vorn.

»Tim, bitte!«

»Hast du'n Rad ab? Sag doch, dass die nicht da ist.«

»Mann, der kommt sonst vorbei!!«

»Na und?«

»Dann fliegt alles auf.«

»Wie stellst'n dir das vor?«

»Du musst mit ihm reden, wie Mama.«

»Spinnst du?«

Das Telefon klebt an deinen verschwitzten Händen.

»Bitte! Der kennt Mama nicht«, flehst du.

»Scheiße, Jule, ich kann das nicht!«

Du musst handeln, bevor er dich stehen lässt. Mit einem letzten »Lass mich nicht im Stich« drückst du ihm das Gerät ans Ohr.

Ein Ruck geht durch seinen Körper.

»Ja, hier Wolff.« Seine Stimme klettert nach oben und findet sich auf einer ziemlich schrägen Tonlage wieder. »Wer? … Ach, der Klassenlehrer … ja, nein, ich war gerade in der Küche und …«

Du stößt ihm deinen Ellenbogen in die Rippen und zeigst zur Tür. Zum Glück ist dein Bruder nicht total auf den Kopf gefallen.

»Nein, ich meine, ich bin gerade zur Tür reingekommen«, verbessert er sich. »Ja, ja, auf dem Weg in die Küche, die Einkäufe … ja, unser Kühlschrank war wieder mal leer … die Kinder fressen einem die Haare vom Kopf … ja, besonders Jule … sieht man ihr nicht an … ja, gerade schiebt sie sich wieder eine halbe Pizza auf einmal in den Mund.«

Du trittst ihn gegen das Schienenbein und fuchtelst vor seiner Nase herum.

»Aua! … Nein, alles okay, ich habe mich nur gestoßen.« Er glotzt dich an. »Nein, ich meine, das macht sie sonst. Gerade …«

Das Fragezeichen in seinem Gesicht wird größer. Du hältst dir die Hände vor den Bauch und machst Kotzbewegungen. Dann rastet es endlich ein bei ihm.

»... wegen der Magen-Darm-Grippe …«

Jetzt machst du einen auf möhrenknabberndes Kaninchen.

»... isst sie natürlich nur Salzstangen.«

Du atmest auf, und er plaudert weiter wie eine Oma auf Drogen.

»Ja, nicht mal das, eine halbe Salzstange höchstens, mehr geht gerade nicht rein … nein, sie sieht nicht gut aus, total blass, das arme Kind … ja, die Pizza, die hab ich im Einkauf … ja, die Fertigpizza vom Lidl, die ist nicht übel, besonders die American Style Hawaii.«

Du gibst ihm Zeichen, dass er mit dem Blödsinn aufhören soll. Aber jetzt ist er in Fahrt und spult ab, was er alles aus dem Fernsehen weiß. Du musst ihn treten, sonst war alles umsonst.

»Aua! … Nein, mir geht es gut, ich habe mich nur wieder gestoßen … unser Flur, sie wissen nicht, wie eng es hier ist … ja, ich hoffe, es geht ihr bald besser … ja, da haben Sie recht, ich mache mir auch Sorgen, dass sie so häufig krank ist.«

Die Geste fürs Halsabschneiden scheint endlich zu wirken. Er kommt in die Schlusskurve.

»Aber vielen Dank, dass Sie angerufen haben … ja, nett, dass Sie sich so um ihre Schüler kümmern … ja, ja, ja …«

Plötzlich hört ihr, wie von außen die Wohnung aufgeschlossen wird. Dein Gefuchtel wird hektischer.

»Ja, vielen Dank … ich muss Schluss machen … ja, ich muss los, Spätschicht … ja, ja, ja, auf Wiedersehen.«

Er legt auf. Höchste Zeit.

Eure Mutter steht vor euch.

»Wer war denn das?«

»Nur ein Kumpel«, sagt er.

Du nickst. Deine Mutter stellt ihre Plastiktüten ab und pult sich aus ihrer Jacke.

»Und warum sprichst du so komisch?«

»Ich …«, beginnt dein Bruder. Dann steht er auf dem Schlauch.

»Tim hat wen nachgemacht«, übernimmst du. »Die Schwester von dem.«

Deine Mutter guckt dich verwundert an: »Hast du auch telefoniert?«

Jetzt bloß keinen Fehler.

»Nee, aber … ich kenn die. Die ist voll Scheiße.«

»Jule, sag nicht ständig Scheiße.«

Das war zwar ein Fehler, aber ein richtiger. Einer, der sie ablenkt. Also dranbleiben.

»Aber das sagst du auch ständig.«

»Und deswegen sollst du dir das nicht erst angewöhnen.«

Damit ist das Thema für sie beendet. Sie bückt sich und fischt eine Packung Fertigpizza aus den Tüten.

»So, hier ist euer Abendbrot. Macht euch die warm. Ich muss gleich wieder los.«

Dein Bruder nimmt sie maulend in Empfang: »Kannst du nicht wenigstens die American Style Hawaii …«

»Die ist zu teuer. Und Tim, nicht so viel telefonieren. Denk an die Gebühren.«

»Mann, Mama. Wir haben längst Flatrate.«

»Trotzdem, mach lieber deine Hausaufgaben.«

»Was kann ich dafür, dass die mich …«, du musst ihn noch einmal treten, »... dass der mich angerufen hat.«

Deine Mutter hat deinen Fußeinsatz mitbekommen.

»Hast du wieder Spätschicht?«, fragst du schnell.

Volltreffer. Ein Leuchten breitet sich auf ihrem Gesicht aus.

»Nein, ich mach einen Abendkurs in IT-Know-how.«

»Was für'n Hau?«

»IT. Informationstechnologie«, klärt dich dein Bruder auf, während er sich noch das Schienbein reibt.

»Da seid ihr baff, was?«

Deine Mutter strahlt, als hätte sie euch gerade eben sämtliche Weihnachtswünsche der letzten drei Jahre erfüllt.

»Ja, total.« Dein Bruder klingt eher nach einem Griff ins Klo.

»Wieso denn das?« Du bist im Gegensatz dazu wirklich baff.

»Tja, Überraschung. Als dieser Armleuchter von Filialleiter mir mit Rausschmiss gedroht hat, hab ich gedacht: Scheiß drauf, ich muss nicht wieder nach unten. Ich kann auch nach oben. Und mit Computer, damit hab ich ganz andere Möglichkeiten. Und der Kurs ist kostenlos.«

»Du weißt doch nicht mal, wie ein Computer aussieht«, mault dein Bruder.

Die gute Stimmung verabschiedet sich aus dem Gesicht deiner Mutter. »Ich hab schon mehr von den Dingern verkauft, als du glaubst.«

»Ja, schön im Karton verpackt. Ist bestimmt ein echtes Highlight zwischen all den Gurken und Eiern.«

»Tim, ich lass mir meinen Entschluss nicht madig machen.«

Sie ist schon in der Tür, da fällt dir ein, dass sie dabei ist, ein Versprechen zu brechen: »Du wolltest doch mit mir Fernsehabend machen.«

»Ja, wollte ich auch, aber das muss jetzt warten.«

Sie hat sich leicht genervt nach dir umgedreht und will dein Okay. Aber das gibst du ihr nicht. Diesmal nicht. Du hast keinen Bock mehr auf Verständnis. Du musst ständig Verständnis haben, für alles und jeden, weil entweder kein Geld oder keine Zeit da ist oder beides zusammen. Dir reicht es. Dein ganzer Frust will raus, und laut sein kannst du auch.

»Du hast überhaupt keine Lust, mit mir Fernsehen zu gucken«, legst du los.

»Jule!«

Das hört das ganze Treppenhaus, aber dir ist das völlig egal.

»Stimmt doch! Kein Kino, kein Fernsehen, kein gar nichts. Ich bin gar nicht da.«

»Natürlich hab ich Lust, aber du musst verstehen, dass …«

Deine Mutter schaltet jetzt einen Gang zurück und macht auf Versöhnung. Sie geht auf dich zu, aber du stößt sie weg.

»Ich will aber nicht verstehen!«

»Jule, ich …«

»Schieb dir deine Fertigpizza doch sonstwohin!«

»Jule!!« Lauter geht nicht.

Muss auch nicht. Der Sturm sucht sich einen anderen Weg.

»Geil, Frauenpower.«

Das war dein Bruder. Aber den Kommentar hätte er sich besser gespart. Die Ohrfeige schallt so laut durch den Flur wie euer Streit vorher. Sie überrascht euch alle, am meisten deine Mutter selbst. Aber das lässt sie sich nicht anmerken.

»Verdien du doch das Geld«, zischt sie, als der Knall verhallt ist.

Die beiden starren sich an. Um den Mund deines Bruders zuckt es. Du weißt, dass er kurz vorm Explodieren ist. Dass er am liebsten zurückschlagen würde. Aber stattdessen fährt seine Hand in die Hosentasche und holt ein paar zerdrückte Geldscheine heraus, die er deiner Mutter ins Gesicht wirft.

»Da.« Seine Stimme ist kaum vorhanden, ein heiseres Flüstern. »Die Scheißraten für die Glotze zahl ich jetzt. Nur damit du endlich die Schnauze hältst.«

»Woher hast du das?« Die Stimme deiner Mutter ist genauso heiser.

»Ich hab einen Job.«

»Du hast … einen Job?«

Bei deiner Mutter löst sich die Spannung. Langsam, wie in Zeitlupe. So ganz will sie es nicht glauben. Ein Job, das wäre … und sie hat gelernt, dass man dem Glück nicht trauen darf.

»In einer Fahrradwerkstatt, wenn du's genau wissen willst.«

Wenn du wissen würdest, was du bald weißt, müsstest du lachen. Doch du weißt es nicht.

»Aber … wieso hast du mir das nicht erzählt?«, stammelt deine Mutter. Die Luft ist raus bei ihr. Sie geht in die Hocke und sammelt die Scheine auf. Auf einmal weiß sie nicht mehr, wo sie hingucken soll.

»Wieso weiß ich das nicht?«

»Jetzt weißt du es.«

Dein Bruder steht da wie eingefroren.

»Tim, entschuldige, ich …«

Deine Mutter hält ihm das Geld hin, aber er zuckt nicht mal mit der Wimper. Dann kriegt sie sich endlich wieder ein, steckt die Scheine in ihre Handtasche und stolpert zur Tür.

»Das kommt in die Haushaltskasse. Ich muss los, ich komm ja am ersten Abend gleich zu spät.«

Während sie aus der Wohnung flieht, siehst du, wie sie sich die Tränen aus den Augen wischt. Du weißt nicht, ob es Glückstränen oder Tränen der Verzweiflung sind. Wahrscheinlich weiß sie es selber nicht.

Du hörst ihre Schritte im Treppenhaus. Dein Bruder rührt sich nicht von der Stelle. Du auch nicht. Unten fällt die Haustür ins Schloss. Die Stille danach erträgst du nicht.

»Du hast einen Job?«

»Ja.«

Dein Bruder wendet den Blick von der Tür, guckt dich an und sieht, dass du kurz vorm Heulen bist. Unschlüssig bückt er sich nach der Tiefkühlpackung.

»Ich mach uns mal die Pizza warm.«

Als er dich wieder ansieht, bist du noch näher dran am Wasserschaden. Aber wie gesagt, in der Not kannst du dich auf ihn verlassen.

Er gibt dir einen Knuff und grinst: »Und dann machen wir voll fett Nutella drauf. Das ganze Glas. Wo hat Mama es heute versteckt?«

Damit er deine Tränen nicht sieht, rennst du in die Küche und antwortest, irgendwie erleichtert: »Ich weiß, wo es ist.«

DIE DUNKLE SEITE DER MACHT

Ich rannte.

Rannte, als ginge es um mein Leben. Jules letzter Satz hämmerte in meinem Schädel. Ihre durch Wut und Tränen verzerrte Stimme wurde nicht leiser, sosehr ich auch rannte. Ich kam erst zu mir, als ich vor einer Polizeiwache stand. Meine Augen klebten an dem Schild neben der Tür.

POLIZEI.

P-O-L-I-Z-E-I.

Im Kindergarten hatte ich eine besondere Vorliebe für Polizeiautos entwickelt. Wahrscheinlich hat jeder Junge diese Phase, in der er unbedingt Brrrrummm und Tatütata machen muss. Bei mir war es besonders schlimm. In irgendeiner Schublade meines Zimmers liegt immer noch der komplette Playmobil-Polizeifuhrpark, vom Hubschrauber bis zum Dreirad. Aber mit einem Polizisten selbst hatte ich nie geredet. Geschweige denn, dass ich in einer Polizeiwache gewesen war, um …

Ja, um was eigentlich zu tun?

Sollte ich Jules Bruder verpfeifen?

Ich kannte ihn nicht. Woher wollte ich wissen, ob er wirklich zu den Bösen gehörte? Hatte Luke Skywalker nicht auch bis zuletzt an das Gute in seinem Vater geglaubt? Und hatte er nicht recht behalten? Und ich? Ich kannte nicht einmal Jule. Ich wusste nicht, wie sie lebte, wie ihr Zimmer aussah, wie ihre Eltern waren ... von einem Bruder hatte ich eben zum ersten Mal gehört.

Tausend Fragen wirbelten in meinem Kopf herum, und keine einzige kriegte ich zu fassen. Antworten waren erst recht nicht in Sicht.

»Kann ich dir helfen, mein Junge?«

Das war nicht in meinem Kopf. Erschrocken schaute ich den Mann an, der gerade aus der Tür kam und mich musterte. So von oben herab, wie Richter und Henker in einem. Seine Uniform trieb meinen Puls nach oben und mein Schweißausbruch musste in der Straße eine mittlere Überschwemmungskatastrophe auslösen. Ich hatte zwar nichts verbrochen, aber mein schlechtes Gewissen stand mir sicher auf die Stirn geschrieben. Kein Wunder, bisher waren Gut und Böse für mich klar voneinander abgegrenzte Bereiche gewesen. Aber jetzt ...?

Was ich auch sagte, irgendwen würde ich verraten. Ich musste mich entscheiden: entweder für Jule und ihren Bruder oder für meinen Heldenruhm und die zahllosen Opfer fieser Fahrraddiebstähle.

Ich versuchte, mir vorzustellen, mir wäre mein Traumrad gestohlen worden: Eben noch war ich damit durch die Straßen gekreuzt, und auf einmal baumelte ein aufgebrochenes Schloss am Zaun – als trauriges Zeugnis dafür, dass auf der Welt nichts sicher war.

Das half.

»Ja, ich … also … eigentlich wir …« Ich gab mir einen Ruck. »Wir haben gespielt und dann … dann war da dieses Versteck.«

»Ihr habt also Verstecken gespielt. Und weiter?«

Mein zaghaft in Gang gekommener Wortstrom versiegte. Das war ja das reinste Verhör. Der Polizist hatte die Arme vor der Brust verschränkt und wippte leicht auf den Hacken. Alles an ihm war Autorität, Staatsgewalt. Und ich fühlte mich wie ein Verbrecher. Dabei war ich doch der Held! Ich war der Jedi-Ritter! Ich war auf der hellen Seite der Macht!

»Nein, nicht Verstecken …«, stellte ich klar, auch wenn ich mich gleich wieder verfranzte: »... das war wie im Film, aber trotzdem echt … und dann kam ihr Bruder.«

»Wessen Bruder?«

»Der von meiner Freundin. Der von …«

Ich wollte es sagen. Aber meine Zunge weigerte sich.

»Wessen Bruder?«

Seine Stimme hatte schon vorher nicht besonders warm und mitfühlend geklungen, jetzt wurde sie merklich schärfer.

Ich sah ihn fest an, von Mann zu Mann, Auge in Auge. Na ja, zumindest versuchte ich das.

»Der von meiner Freundin. Der von …«

Wieder hing ich. Meine Augen wichen seinem Blick

aus, huschten davon, gerieten außer Kontrolle, genau wie meine Gedanken. Vor den Polizisten schob sich das Bild des Imperators und verschmolz mit ihm. Seine diabolischen Augen funkelten, ich hörte seine krächzende Stimme: »Sehr gut, sehr gut, Luke. Du wirst es tun. Du wirst deine Freundin verraten. Und dann wirst du mein Schüler sein!«

Ich schüttelte mich, aber ich bekam den Kopf nicht frei. Die Worte des Imperators hallten in meinem Kopf wider: »Die dunkle Seite der Macht ist stark, Luke. Sehr stark. Viel stärker, als du glaubst.«

Und dann sein heiseres Lachen …

Ich wollte mich nicht zur dunklen Seite der Macht bekehren lassen. Aber wo war die dunkle Seite? Und wo war ich? Wo war Jule? Ob sie immer noch dastand, zwischen Wut und Tränen gefangen? Ob sie mich inzwischen hasste?

»... nein, alles in Ordnung.«

Ich drehte mich um und lief davon. Ließ den Polizisten einfach stehen. Lief weg und merkte, wie sich meine Augen langsam mit Wasser füllten. Das Lachen des Imperators dröhnte wie ein nie enden wollendes Echo in meinem Kopf.

Meine Beine konnten abhauen. Ich nicht. Flucht war keine Lösung, das wusste ich.

Aber immerhin ein Aufschub.

KEIN SPIEL MEHR

Und jetzt …

Jetzt stehst du da und schaust Lukas nach, der rennt, als ginge es um sein Leben. Dabei ist es dein Leben, das vor die Hunde geht.

Dann rennst du selber los. Egal wohin. Hauptsache rennen. Damit die Angst und der Frust dich nicht einfrieren, damit du nicht für immer erstarrst. Deine Beine bewegen sich, aber das reicht nicht. Du willst deine Hände spüren, deine Fäuste. Du schlägst gegen Schilder, trittst gegen Laternen, wirfst dich gegen Zäune. Du presst Zähne und Lippen zusammen, damit du nicht laut losschluchzt und irgendwelche mitleidigen Blicke erntest. Was nützt dir Mitleid? Du willst die ganze Welt in Stücke hauen, und da ist Mitleid nur im Weg.

Du weißt nicht, wie lange das geht. Aber es geht lange. Bis dein Akku leer ist. Dann schleppst du dich nach Hause. Irgendwann musst du deinem Bruder in die Augen sehen, da kannst du es auch gleich hinter dich bringen. Und vielleicht ist er nicht da, vielleicht ist er bei seinem »Job«.

Eigentlich ist es wie immer, als du zu eurer Wohnung hochsteigst, vorbei an Babygeschrei, Ehestreit und Fernsehlärm.

Die klemmende Tür.

Der vollgeräumte Flur.

Dein Bruderherz vor der Glotze.

Du willst ihn nicht sehen. Du willst in dein Bett, die Decke über den Kopf ziehen und dich verkriechen. So lang, bis die Polizei klingelt und deinen Bruder holt. So lang, bis deine Mutter wiederkommt, vor Wut und Hilflosigkeit ein paar Gläser an die Wand schmeißt und sich heulend in die Kissen wirft. Am liebsten so lang, bis er aus dem Knast wiederkommt und euer ganzes beschissenes Leben ein anderes ist. Wenn das überhaupt jemals der Fall sein sollte. Aber er weiß nicht, dass du weißt, dass er …

Seine Stimme fängt dich im Flur ab.

»Ah, da kommt ja unsere Spülfee. Wieder reichlich spät.«

»Lass mich in Ruhe.«

»Wieso? Du musst deine Magen-Darm-Grippe abarbeiten. Hier, das kannst du gleich mitnehmen.«

Er wedelt mit einem Teller, an dem noch Ketchupreste kleben.

»Lass mich in Ruhe.«

»Was'n los?«

Dein Tonfall überrascht ihn. Er guckt dich an.

»Nix«, sagst du. »Lass mich einfach in Ruhe!«

»Bitte schön. Spül ich eben selber.«

Mit zwei langen Schlabberzügen leckt er den Teller ab und will ihn dir zuwerfen. Aber du betrachtest deine Füße, die nicht wissen, wohin sie sollen.

»Was ist? Du guckst gar nicht.«

»Na und?«

Jetzt guckst du doch – und natürlich wirft der Idiot. Aber du hast keine Lust auf sein Spielchen. Der Teller trifft dich am Bauch, fällt auf den Boden und zerschellt, ohne dass du dich bewegt hast.

»Sag mal, spinnst du?!« Er springt auf, aber dein Blick lässt ihn zurück ins Sofa sinken. »Das kannst *du* Mama erklären«, mault er.

»Hast du geworfen oder ich?«

»Was willst du damit sagen?«

Misstrauisch schaut er dich an. Du zuckst mit den Schultern. Dann glaubt er, begriffen zu haben.

»Was soll der Scheiß? Nur weil ich jetzt arbeite, soll ich …«

»Hahaha, so nennst du das.«

»Was?«

»Was du machst.«

»Klar.« Er schubbert seinen Hintern auf dem Sofa hin und her und macht einen auf Chef. »Ich habe einen anstrengenden Tag hinter mir.«

»Ich denk, das Geld liegt auf der Straße.«

Das ist dir rausgerutscht, du wolltest es nicht sagen. Du wolltest nicht mit ihm reden, nicht darüber und nicht über was anderes. Aber irgendein verdammter Zufall scheint ihm die Wörter auf die Zunge zu legen, auf die du reagieren *musst*.

»Was willst du damit sagen?«

Dein Bruder guckt dich irritiert an. Er weiß nicht, was du meinst. Klar, wer so viel rumblubbert, kann sich nicht an alles erinnern. Aber es sieht aus wie schlecht gespielte Unschuld – und das bringt dich auf die Palme.

»Jetzt tu nicht so doof, du bist schon blöd genug.«

»Sag mal, wie redest du mit mir?«

Und dann schreit ihr euch an, er auf dem Sofa, du in der Tür zum Flur, und eure Spucke fliegt durch das Zimmer.

»Meinst du nicht, du solltest zur Polizei gehen und erzählen, was du bei deinem neuen Job machst?«

»Wieso das?«

»Vielleicht kommst du mit einem blauen Auge davon.«

»Fahrräder reparieren ist total legal.«

»Fahrräder klauen aber nicht.«

Jetzt ist es raus. Jetzt weiß er, dass du weißt, dass er …

Sein Mund wird hart: »Ich weiß nicht, wovon du redest.«

»Weißt du wohl.«

»Nein, weiß ich nicht.«

Du nimmst das Telefon und versuchst, ihn mit deinem Blick auf Abstand zu halten.

»Du hast also nichts dagegen, wenn ich die Polizei anrufe und sie in die Huttenstraße 44 schicke?«

Mit einem Satz steht er neben dir und packt dich so fest an den Armen, dass du aufschreist und das Telefon fallen lässt.

»Hast du mir nachspioniert?«

»Nein, ich … ich schwöre.«

Er schüttelt dich. »Und woher weißt du das?«

»Ich bin den beiden Typen hinterher.«

»Lüg nicht!«

Seine Hände quetschen dir die Oberarme ab.

»Aua! Du tust mir weh.«

»Dann sag die Wahrheit.«

Er ist so dicht an deinem Gesicht, dass ein feiner Sprühregen aus Spucke auf dich niedergeht. Aber das merkst du kaum. Für Ekel ist kein Platz in deinem Chaos aus Angst, Wut und Verlorenheit. Obwohl ihr euch auch sonst nicht mit Samthandschuhen anfasst, ist dein Bruder so noch nie mit dir umgesprungen. Ist das überhaupt noch dein Bruder?

»Das ist die Wahrheit. Ich bin denen hinterher … zufällig.«

Er schüttelt dich, dass deine Zähne aufeinander schlagen.

»Lüg nicht!«

Du denkst, das kann nicht sein. Das ist Kino. Nur bist du leider nicht die Hauptperson, sondern eine von diesen Nebenrollen, die jederzeit über Bord geworfen werden können, weil die Geschichte auch ohne sie weitergeht.

»Mann, das ist ein Spiel«, wimmerst du. »Das mach ich bei allen möglichen Leuten.«

Plötzlich scheint er sich daran zu erinnern, dass du seine Schwester bist – und dass man im echten Leben keine Szene rausschneiden kann. Er lässt dich los und reagiert seine Wut an der Wand ab.

»Scheiße, Jule. Das *war* ein Spiel.«

Die Wand kann einiges an Schlägen ab, im Gegensatz zu dir. Du reibst dir die schmerzenden Stellen.

»Wieso machst'n so was?«

»Vielleicht weil ich Geld brauche? Vielleicht weil ich mir sonst bei Saturn nicht mal den billigsten MP3-Player kaufen kann? Vielleicht weil ich sonst bei den Mädels gleich einpacken kann?«

»Aber du …«

»Oder weil *wir* Geld brauchen? Schon vergessen? Die Mietkosten, die Raten für die Glotze, der Stress mit dem Amt?«

»Aber Mama arbeitet doch und …«

»Das reicht doch hinten und vorn nicht.«

»Klauen ist ungerecht.«

»Was ist schon gerecht? Dass die anderen alles haben und wir nichts?«

Er lässt die Wand in Ruhe und schaut dich an, wahrscheinlich tut ihm die Hand weh. Geschieht ihm recht, denkst du. Aber auf seine Frage nach der großen Gerechtigkeit hast du keine Antwort.

»Dann geh arbeiten«, weichst du aus.

»Hast du einen Job für mich?«

»Nein, aber …«

»Mann, Jule, wach auf! Wenn ich Glück hab, schaff ich gerade den Hauptschulabschluss. Und? Wer nimmt mich damit? Nicht mal die Müllabfuhr.« Er schnaubt durch die Nase wie nach einem schlechten Witz. »Die nimmt mich höchstens mit.«

»Hast du's probiert?«

»Ich hab sowieso keine Chance.«

»Aber du bist doch nicht doof.«

»Ja, genau, ich bin nicht doof. Und deswegen mach ich mich nicht krumm für nix und wieder nix. Mann, ich will Spaß haben. Ich will was vom Leben. Jetzt!«

Damit packt er dich wieder an den Armen. An derselben Stelle, die immer noch wehtut. Aber es ist anders als eben. *Er* ist anders. Als wollte er dich auf seine Seite ziehen oder wenigstens ein Okay von dir hören.

»Jule, ich hab mir die Spielregeln nicht ausgedacht. Ich hab sie nicht gemacht. Das sind nicht meine, ich hab mir nicht mal das Spiel ausgesucht. Und das ist ein Scheißspiel, wo wir drinstecken. Das weißt du.«

»Aber …«, versuchst du dagegenzuhalten. Doch selbst wenn er dir nicht das Wort abschneiden würde, kämst du nicht weiter.

Weil du nicht weiterweißt.

Weil du weißt, dass er irgendwie recht hat.

»Jule, wenn mir die Regeln keine Chance geben, dann kann ich drauf scheißen. Dann *muss* ich drauf scheißen – und mir meine eigenen Regeln machen. Ich hab keine andere Wahl.«

Du beißt dir auf die Zunge, um nicht »Ja« zu ihm zu sagen. Stattdessen würgst du ein »Weiß Mama, dass …« hervor.

»Spinnst du?«

Er lässt dich los und geht zurück zum Sofa, vergräbt seinen Kopf in den Händen und murmelt: »Die würde einen Totalzusammenbruch kriegen.«

Der Fernseher läuft immer noch. Die Lärmkulisse macht euer Schweigen umso lauter.

»Und was ist, wenn ich's ihr sage?«

Ruckartig richtet sich sein Kopf auf.

»Und was ist, wenn ich ihr sage, dass du ständig die Schule schwänzt?«

Du versuchst, seinem Blick standzuhalten, und spielst die letzte Karte. Die von Lukas. Die, an die du selbst nicht glaubst.

»Wieso gehst du nicht zur Polizei und stellst dich?«

»Bist du völlig übergeschnappt?«

Er schaut dich an, als wärst du wirklich verrückt geworden. Trotzdem gibst du nicht auf. Was ein Fehler ist. Wer das Maul hält, kann sich nicht verplappern.

»Ich mein, vielleicht sind die dankbar. Du machst da doch nur mit. Die anderen, das sind die Fahrraddiebe. Die Polizei lässt dich bestimmt laufen, wenn du …«

»Mann, Jule, ich hab mich entschieden. Ich hab keine Wahl. Und glaub mir: Das Klauen machst du mir bald nach.«

»Mach ich nicht!«

Die Masche großer Bruder kannst du gerade überhaupt nicht ab – und dann lacht er dich noch aus: »Du bist doch nur im Schuleschwänzen eine Eins.«

»Mann, Tim, das fliegt sowieso auf. Lukas hat euch auch gesehen.«

Sein bitteres Lachen bricht ab. Du siehst, wie es in seinem Kopf arbeitet. Wie er sich daran erinnert, dass sein Boss von *zwei* Kindern erzählt hat. Zwei Kinder, die wie die Hasen davongerannt sind. Sein Kehlkopf macht eine Schluckbewegung. Du siehst den Kloß, der dort sitzt und der größer und größer wird, bis die Stimme kaum noch durchkommt.

»Wer?«, fragt er heiser.

Du schüttelst den Kopf, aber das hilft nichts mehr.

»Wer?«, wiederholt er und steht langsam auf.

»Lukas«, würgst du hervor. Das hast du bereits gesagt, und deswegen hält es deinen Bruder nicht zurück.

»Wer ist das?«

Drohend kommt er auf dich zu. Auf eine Art, die dir schon von Weitem Angst macht.

»Das … sag ich nicht.«

Dann hat er dich wieder an den Armen.

»Wer ist das?«

»Sag ich nicht!«

»Los, sag's mir!«, schreit er dich an und schüttelt dich.

»Nein!« ist das einzige Wort, das du fallen lässt. Aber das ein paarmal. So lange, bis er dich an die Wand stößt und dein Rücken kracht. Deine Beine geben nach und du rutschst langsam zu Boden.

»Dann eben nicht«, sagt dein Bruder, während er über

dich drübersteigt und zur Wohnungstür geht. »Dann krieg ich's ohne dich raus.«

Die Tür knallt hinter ihm ins Schloss. Du bist keinen Blick mehr wert. Benommen bleibst du sitzen. Irgendwann stemmst du dich hoch und brüllst ihm hinterher: »Lass Lukas in Ruhe!«

Aber das hören höchstens eure streitenden Nachbarn.

DAS VERHÖR

Als unsere Haustür in Sicht kam, betete ich, dass keiner zu Hause wäre. Ich wollte niemanden sehen. Ich wollte in mein Zimmer gehen, die Bettdecke über den Kopf ziehen und später in einem wilden Kampf an der Tastatur das Böse gründlich besiegen. Die Realität konnte warten oder mir ganz gestohlen bleiben.

Aber die Realität wollte nicht warten. Sie stand bereits mit besorgter Miene im Flur.

Ich hatte kaum den Schlüssel ins Schloss gesteckt, da wurde die Tür aufgerissen und meine Mutter stand vor mir. Sofort drückte sie mich an sich.

»Lukas!«

Ein feuchter Kuss landete auf meiner Wange, gleich noch einer, dann kam Teil zwei der Sorgennummer. Sie nahm mich bei den Schultern und hielt mich auf Anspracheabstand.

»Wo hast du gesteckt? Ich hab mir Sorgen gemacht.«

»Ich war draußen.«

Ich senkte meinen Blick und musterte eingehend meine Schuhspitzen. Bloß keinen Blickkontakt. Meine Mutter kann in solchen Fällen Gedanken lesen.

»Kannst du nicht wenigstens Bescheid sagen? Wozu hast du ein Handy?«

Ich nagte an meiner Unterlippe. An mein blödes Handygetröte mochte ich nicht erinnert werden.

»Ich hätte fast die Polizei benachrichtigt. Dich als vermisst gemeldet. Wenn dein Vater nicht gewesen wäre, dann …« Sie verstummte und schüttelte den Kopf. Das sollte ihr komplettes Unverständnis ausdrücken. »Wieso hast du dich nicht gemeldet?«

»Hab die Zeit vergessen.«

»Und wieso gehst du nicht ran, wenn ich dich anrufe?«

»War auf leise gestellt.«

Schön wär's gewesen.

»Was hast du denn gemacht?«

Die Frage musste kommen. Aber wenn ich nur einen klitzekleinen Teil der Wahrheit erzählte, würde sie mir den Rest Stück für Stück aus der Nase ziehen. So weit kannte ich meine Mutter: Ich durfte kein Wort zu viel verraten.

Denn vor allem kannte sie mich.

»Nichts«, log ich.

»Nichts? Und die Zeit dabei vergessen?«

Ich war schon immer ein schlechter Lügner gewesen.

»Wir haben gespielt.«

»Wer ›wir‹?«

So ein simpler Satz. Nur drei Wörter und trotzdem das eine Wort zu viel.

»Kennst du nicht«, versuchte ich zurückzurudern.

»Ach so.«

Eine unheilvolle Pause entstand. So viel Aufmerksamkeit hatte ich meinen Schuhen lange nicht gewidmet.

»Lukas?«

Der Klang ihrer Stimme verhieß nichts Gutes.

»Ja?«

»Sieh mich an.«

Eine Hand fasste mich sanft, aber entschlossen am Kinn. Automatisch wanderte mein Blick nach oben und traf kurz mit dem meiner Mutter zusammen.

»Darf ich raten?«

Meine Augen waren weitergewandert, aber der kurze Moment hatte gereicht. Mein Einverständnis wartete sie gar nicht erst ab.

»Das Mädchen, das neulich hier war?«

Na ja, schwer war das nicht. Meine Auswahl an Freunden war nicht groß – und beim dicken Thorsten und beim pickligen Jan von nebenan hatte sie bestimmt schon nachgefragt. Und um einen komplett neuen Freund zu erfinden, dafür reichte meine Fantasie nicht.

»Ja«, druckste ich herum.

Die Hand löste sich von meinem Kinn und strich mir durchs Haar.

»Aber die ist doch nett. Das kannst du mir ruhig erzählen.«

Erleichtert lächelte meine Mutter mich an, wahrscheinlich hatte sie mit Schlimmerem gerechnet. Aber ich hatte ihr auch nicht alles erzählt.

»Ja. Weiß ich«, murmelte ich und wagte einen kurzen Blick. Anscheinend war das Verhör überstanden. »Aber ich kann doch auch was für mich behalten.«

»Ja, das kannst du.« Zur Bekräftigung umarmte sie mich. »Ich wollte nur wissen, weswegen du so spät kommst.«

Ich ließ es mit mir geschehen.

»Sag ich doch: Ich hab die Zeit vergessen.«

»Na, dann komm«, seufzte sie. »Dann lass uns Abendbrot essen.«

»Hab keinen Hunger.«

Ich drückte mich an ihr vorbei und war in Gedanken schon unter der Bettdecke verschwunden, als ich ihre Hand erneut auf meiner Schulter spürte.

»Lukas? Was ist los?«

Da war sie wieder, die Stimme der Inquisition. Welches von den drei Wörtern war diesmal zu viel gewesen? Wahrscheinlich alle. Ich drehte mich halb zu ihr um.

»Nichts«, probierte ich es mit der Standardlüge. Wie zu erwarten, klappte es nicht.

»Du warst den ganzen Tag nicht hier. Das ist schon ungewöhnlich. Und dann hast du nicht mal Hunger.«

»Ja und?«

»Ich kenne dich doch. Irgendwas ist los.«

Wieso lebte ich nicht in so einem Riesenhotel? Mit einer Empfangsdame an der Rezeption, die mich ganz bestimmt *nicht* kennen würde. Und der meine Gefühle egal waren.

»Nichts ist los.«

»Lukas?«

»Was denn?«

Wieder sah sie mir direkt in die Augen. Ansprache, die Zweite.

»Wenn du mir nichts erzählst, kann ich dir nicht helfen.«

»Weiß ich.«

Halbherzig versuchte ich, ihre Hände abzuschütteln. Aber sie blieben an mir kleben, ebenso wie ihr Blick. Sicher würde sie den ganzen Abend auf meine Beichte warten.

»Und?«

Ich stöhnte gequält auf.

»Kann ich nicht auf mein Zimmer?«

Noch einmal bohrte sich ihr Blick in mein Innerstes. Ich versuchte krampfhaft, an etwas anderes zu denken: Hausaufgaben, Krickelkrakel, Krakenarme, Armbanduhren, Urviecher, Viehweide, Kuhfladen, Fladenbrote …

Schließlich gab sie es auf.

»Wenn du mir nichts erzählen willst, dann geh. Aber du weißt, dass mich das traurig macht.«

»Ja«, nickte ich und versuchte, meine Erleichterung nicht zu zeigen.

»Du musst wissen, was du willst.«

Mit einem weiteren Seufzer ließ sie meine Schultern los, stand auf und ging in die Küche.

Ich war frei.

Endlich konnte ich auf mein Zimmer gehen.

Und rührte mich nicht vom Fleck.

EIN UNGLÜCK KOMMT SELTEN ALLEIN

Du weißt nicht, wie lange du auf dem Boden im Flur sitzt und die Tür anstarrst. Auch die Schritte auf der anderen Seite hörst du nicht. Erst das Klingeln reißt dich aus deinen Gedanken.

Trotzdem: Du lässt es klingeln.

Du schaust weiter die Tür an, durch die dein Bruder verschwunden ist. Es ist dir egal, wer da steht und wie er ins Treppenhaus gekommen ist und was er will. Du willst von niemandem etwas. Du willst nichts und niemanden sehen.

Aber es klingelt wieder.

Und wieder.

Als ob der Besucher auf der anderen Seite Röntgenaugen hätte, mit denen er sehen kann, wie du dasitzt und darauf wartest, dass er verschwindet.

Sein Finger klebt auf der Klingel und das ewige Dingdong-Dingdong-Dingdong raubt dir den letzten Nerv. Schließlich gibst du auf. Du stemmst dich hoch und drückst die Türklinke. Den Blick durch den Spion schenkst du dir. Was kann dir jetzt noch passieren? Du bist sowieso am Ende.

Aber da täuschst du dich.

»Hallo Jule. Na, gar nicht im Bett?«

Der Weinert steht vor der Tür. Du glotzt ihn an wie eine Erscheinung.

»Was … was machen Sie hier?«

»Darf ich reinkommen?«

Dein Klassenlehrer wartet deine Antwort nicht ab. Bevor du auf die Idee kommst, ihm die Tür vor der Nase zuzuschlagen, schiebt er sich an dir vorbei in den Flur.

»Danke. Weißt du, ich hab hier um die Ecke zu tun gehabt, und da hab ich mir gedacht: Besuch ich mal die Jule.«

»Wieso …?«

»Ich wollte dir gute Besserung wünschen.« Neugierig sieht sich der Weinert in eurer Wohnung um. »Hab sogar Cola und Salzstangen mitgebracht.«

Langsam fällt bei dir der Groschen. Aber erst als er dir das Zeug unter die Nase hält und sagt: »Das habe ich früher bei Magen-Darm-Grippe bekommen«, macht es Pling. Ein »Danke« quält sich aus deinem Mund, während dein Hirn auf Hochtouren arbeitet. Krank genug müsstest du aussehen, nach dem Zoff eben. Das ist deine Chance. Damit kannst du ihn vielleicht loswerden, bevor deine Mutter nach Hause kommt. Zum ersten Mal betest du zum Gott der Überstunden, dass er sie *nicht* verschont.

»Aber du bist schon wieder auf den Beinen, wie ich sehe.«

Aufmunternd klopft dir dein Klassenlehrer auf die Schulter. Das entlockt dir einen gespielten Hustenanfall, obwohl das nicht ganz zu Magen-Darm passt.

»Ja, es geht«, bringst du hervor. »Morgen bin ich wieder fit. Dann komm ich auch zur Schule.«

Er mustert dich mit einem mitleidigen Blick.

»Aber richtig auskurieren. Nicht, dass du zwei Tage später wieder flachliegst. Ein bisschen blass siehst du noch aus.«

Du traust dich nicht, ihm in die Augen zu schauen. Du weißt nicht, ob das Mitleid gespielt ist. Der Weinert ist ein Fuchs, wenigstens das hast du gelernt.

»Nee, keine Sorge«, sagst du und konzentrierst dich auf deinen Magen. Du versuchst, dir etwas Ekliges vorzustellen – Pizza mit Kotze oder Nudeln mit Glibber –, aber ein echtes Würgegefühl will nicht zustande kommen. Der Blick vom Weinert klebt weiter an dir.

»Ist deine Mutter eigentlich zu Hause?«

Du denkst an Schnodder-Suppe.

»Nee, die ist auf Arbeit.«

»Schade, ich hätte mich gern mit ihr unterhalten.«

An platzende Wabbeldärme mit grünem Schleim.

»Wozu denn das?«

Er nimmt die Hand von deiner Schulter und linst in die anderen Räume der Wohnung.

»Ach, nur zum Kennenlernen. Ist immer gut, wenn man den Stallgeruch seiner Schäfchen ein bisschen einordnen kann. Und gestern am Telefon, da klang sie, sagen wir mal, ein wenig durcheinander.«

Du bist inzwischen bei einem vor Maden wimmelnden Kadaver angekommen, aber du kannst es auch aufgeben mit der Ekelparade in deinem Kopf. Der Weinert hat Verdacht geschöpft, das ist sonnenklar.

»Ja, die hat grad viel Stress«, antwortest du wahrheitsgemäß. »Aber jetzt haben Sie leider Pech.«

»Na, denn ...« Bedauernd zuckt er die Schultern. Langsam scheint er sich mit einer Niederlage abzufinden.

»... muss ich ein anderes Mal wiederkommen.«

Doch das ist für dich keine Lösung. Du willst die Katastrophe abwenden, nicht aufschieben.

»Können Sie gerne versuchen, aber die ist so gut wie nie da.«

»Auch wenn du krank bist?«

Wieder schüttelst du den Kopf und machst ein trauriges Gesicht.

»Die muss halt viel arbeiten«, nuschelst du und schaust ihn mit großen Augen an.

»Verstehe«, er seufzt, klopft dir noch einmal auf die Schulter und wendet sich zum Gehen. Seine Hand liegt bereits auf der Klinke, da steckt jemand von außen den Schlüssel ins Schloss.

Verloren. Der Gott der Überstunden hat dich im Stich gelassen.

Und alle anderen Götter sowieso.

Der Weinert kriegt die Tür fast gegen den Kopf, so heftig wird sie aufgestoßen. Dann stürmt dein Bruder herein, rennt ohne ein Wort an euch vorbei und knallt eure Zimmertür hinter sich zu.

»Alles okay?«

Das müsstest du eigentlich deinen Lehrer fragen. Aber er ist es, der das sagt. Anscheinend bist du noch käsiger geworden.

»Nee, ich dachte nur …«

Du beißt dir auf die Zunge.

»Was?«

Dein Lehrer schaut dich abwartend an. Aber da kommt nichts mehr. Schließlich deutet er mit seinem Kopf in Richtung eures Zimmers: »Dein Bruder?«

»Hmm.«

»Nicht sehr gesprächig.«

»Wir hatten grad Stress.«

»Na dann …«

Er macht eine Bewegung zur offenen Wohnungstür, dann zögert er. Jetzt sieht er nicht mehr nach Detektiv aus, sondern nach Sozialtante. Aber die willst du hier genauso wenig haben.

»Ich … ich glaub, mir wird wieder schlecht«, versuchst du ihm auf die Sprünge zu helfen.

»Kann ich irgendwas für dich tun?«

»Nee, ich glaub, ich muss nur schnell aufs Klo. Vielleicht gehen Sie am besten.«

Das war deutlich.

»War nur ein Angebot.«

»Danke, aber zur Not ist mein Bruder da.«
»Ich denk, ihr hattet Stress?«
»Ja, aber der hilft mir schon. Sie können ruhig gehen.«
»Na dann …«
Damit setzt er sich endlich in Bewegung.
Und stößt in der Tür mit deiner Mutter zusammen.

HALBE WAHRHEITEN

Ich weiß nicht, wie lange ich so dastand. Irgendwann wanderte mein Blick zur Küchentür. Bestimmt saß meine Mutter jetzt am Abendbrottisch und starrte Brotkorb und Käseplatte an, ohne einen Bissen runterzukriegen. Und ich war schuld. Kein Wunder, dass ich ein schlechtes Gewissen bekam.

Meine Mutter sollte nicht traurig sein. Nicht wegen mir.

Ich hatte heute genug Unheil angerichtet, ich wollte nicht auch dafür verantwortlich sein. Vielleicht konnte ich die halbe Wahrheit erzählen? Und mir nebenbei Trost und Rat holen.

Ich legte mir eine Story zurecht.

»Wir … wir haben uns gestritten.«

Meine Mutter saß wirklich am gedeckten Abendbrottisch, die Hände im Schoß und ihr Blick so leer wie der

Teller vor ihr. Erleichtert schaute sie auf. Ihre Augen füllten sich wieder mit Leben.

»Das kommt vor, selbst unter den besten Freunden. Papa und ich, wir streiten uns manchmal auch.«

»Weiß ich.«

Zögernd kam ich näher. Sie streckte eine Hand nach mir aus.

»Wichtig ist nur, dass man sich anschließend wieder verträgt.«

»Hm.«

Ich spürte die Wärme, die durch ihre Finger floss und den Knoten in mir löste. Es tat gut. Ich verlor mich in der Betrachtung der Käselöcher. Ein leichter Druck ihrer Hand kündigte an, dass ich nicht ewig so stehenbleiben konnte.

»Worum ging es denn?«

»Ach, wir haben … wir haben so rumgesponnen.«

Die erste Lüge ging mir relativ glatt über die Lippen.

»Rumgesponnen?«

»Ja, wir haben uns Geschichten ausgedacht, und darüber haben wir uns dann in die Haare bekommen.«

»Und?«

Sie war ganz Zuhörerin. Das Verhör war vergessen, die Richterin war verschwunden. In dem Augenblick hätte ich ihr alles erzählen können, sogar die Wahrheit. Aber ich hatte mich anders entschieden.

»Na, wir haben uns vorgestellt, dass wir Verbrecher wären«, fuhr ich fort. »Erst hat Jule eine Geschichte erzählt, dass sie mit Waffen handelt und so, alles illegal und in ganz großem Stil, und das fand ich schon ziemlich bescheuert, klang eher wie ein schlechter James-Bond-Film, so völlig überzogen.«

»Na, da ist sie bei dir an den Richtigen geraten, Mr Filmkritiker«, lachte sie.

Irritiert schaute ich sie an, aber auf ihrem Gesicht war keine Spur von Misstrauen zu sehen. Meine Augen wanderten zurück zu den Käselöchern.

»Und dann?«, fragte sie.

»Dann … dann war ich dran. Und ich hab erzählt, dass ich Fahrräder klauen würde.«

»Fahrräder?«

»Ja, dir ist doch auch mal ein Rad geklaut worden, oder?«, erklärte ich und ließ mich von ihrem Nicken anfeuern. »Siehst du. Ich hab das natürlich nicht aus Spaß gemacht, sondern weil ich dringend Geld brauchte, so aus Not quasi. Und die Räder hab ich an eine Bande verkauft, die dann alles Weitere gemacht hat – weil, die selber auf dem Flohmarkt zu verticken, das ist ja gefährlich, das fliegt schnell auf und ist auch wieder Arbeit, und Geld kriegt man da sowieso kaum.«

»Na, das klingt ja richtig realistisch.«

Irgendwie änderte sich ihr Tonfall. Aber ich kam langsam in Fahrt und achtete nicht darauf.

»Find ich auch.«

»Und worüber habt ihr euch gestritten?«

»Na, meine Geschichte haben wir weitergesponnen. Und ich hatte die Idee, dass ich da wieder rauswollte, weil … wegen schlechten Gewissens und so. Und Jule meinte aber:

›Nee, da kommst du nicht raus. Wenn du einmal drinsteckst, dann für immer.‹ Und ich aber: ›Nee, ich kann doch aufhören, wann ich will.‹ Und Jule wieder: ›Nee, weil die anderen lassen dich nicht.‹ Und so ging das weiter, und auf einmal haben wir völlig vergessen, dass das nur in unseren Köpfen ist, dass das ausgedacht ist, dass …«

»Lukas?« Die Stimme meiner Mutter schnitt wie ein Messer meinen Wortstrom ab. »Klaut Jule Fahrräder?«

Erschrocken sah ich sie an. Erst begriff ich nicht, wie meine Mutter auf diesen Gedanken kam. Dann verstand ich. Und verfluchte mich innerlich.

»Wie kommst du darauf?«

»Wie ich darauf komme?« Meine Mutter hielt immer noch meine Hand. Aber ich spürte keine Wärme mehr. »Ich kann eins und eins zusammenzählen.«

»Das … das ist aber nicht so.«

Ich riss meine Hand weg. Sofort griff meine Mutter wieder nach ihr.

»Lukas«, sagte sie eindringlich. »Deine neue Freundin mag zwar nett sein, aber dass sie nicht aus einem wohlhabenden Elternhaus kommt, das krieg sogar ich mit.«

»Na und?«

»Und ich habe von dir noch nie eine *ausgedachte* Geschichte gehört.«

Damit hatte sie absolut recht, und leider wusste sie das.

»Die ist aber ausgedacht!«

Trotzig ruckte ich meinen Kopf herum und feuerte die Worte regelrecht auf sie ab. Ein Rückzugsgefecht, so verzweifelt wie sinnlos.

»Lukas. Dass du keine Fahrräder klaust, weiß ich. Aber irgendwo hast du die Geschichte doch her.«

»Okay, da war neulich was im Fernsehen …«, gab ich zögernd zu.

Mein angeblich übermäßiger Fernsehkonsum war sonst ein prima Ablenkungsmanöver, aber diesmal ließ sie sich nicht darauf ein. Der Druck auf meine Hand verstärkte sich.

»Und dass ihr euch wegen einer Fantasiegeschichte so in die Haare kriegt, das glaub ich dir auch nicht.«

»Doch!«

Ich schrie sie an. Ich hatte keine Argumente mehr. Und keine Ideen, um mir welche auszudenken. Aber aufgeben wollte ich nicht.

Einen Augenblick schien sie zurückschreien zu wollen. Aber sie beherrschte sich und sagte mit eisiger Ruhe: »Nicht so, wie du gerade aussiehst.«

»Jule klaut nicht!«

Ich versuchte meine Hand freizubekommen, aber meine Mutter hielt sie fest.

»Dafür, dass du sie erst seit Kurzem kennst, bist du dir sehr sicher.«

»Ja, bin ich.«

»Also, nach dem, was du mir erzählt hast, kann ich nur sagen …«

Wie konnte sie nur so ruhig reden und gleichzeitig meine Hand so festhalten? Als ob ihr Kopf nichts mit ihrem Arm zu tun hätte.

»Ich erzähl dir nie wieder was.«

Ich war Sturm und Meer in einem, innen wie außen. Ich ruderte mit Armen und Beinen. Kopf, Bauch und Stimme wirbelten durcheinander …

»Lukas. Ich will dir doch helfen. Vielleicht kann ich sogar euch beiden helfen.«

Inzwischen hatte sie auch mein anderes Handgelenk zu fassen bekommen und versuchte, mich zu bändigen.

»Warum hat sie *dir* überhaupt davon erzählt?«

Für einen Moment ließen meine Kräfte nach. Ich merkte, wie mit dem Erschlaffen der Arme die Tränen in meine Augen drängten. Aber das sollte sie nicht sehen.

»Das … das geht dich nichts an«, schniefte ich und drehte den Kopf weg. Ich war kurz davor, den Kampf aufzugeben und mich an sie zu lehnen. Aber ihr nächster Satz hielt mich davon ab.

»Na, immerhin gibst du es zu«, stellte sie mit kaum zu überhörender Selbstzufriedenheit fest.

»Nein!«

Ich starrte sie an.

»Lukas! Entweder du sagst mir die Wahrheit oder ich muss vom Schlimmsten ausgehen.«

Sie sah mich mit ihrem Röntgenblick an. Sollte sie nur, diesmal musste ich mich nicht verstellen.

»Das ist die Wahrheit.«

Aber sie war schon zu weit auf der falschen Fährte, als dass die Wahrheit etwas genützt hätte.

»Solltest du ihr helfen?« Ihr Blick kroch wieder in meine Gehirnwindungen. »Beim Klauen? Habt ihr euch deswegen gestritten?«

»Nein.«

Ich schüttelte den Kopf. Riss die Augen auf, als wollte ich sagen: Mama, es ist nicht so. Komm rein und schau nach. Sieh dich um in meinem Schädel. Dreh jeden Gedanken einzeln um. Guck hinter jeden Gehirnlappen. Du wirst nichts finden. Es ist nicht so.

Aber sie sah nur, was sie sehen wollte.

»Das ist doch richtig, wenn du da nicht mitmachen willst.«

»Das stimmt alles nicht.«

Ich gab es auf. Wir hatten den richtigen Zeitpunkt verpasst. Ich schloss die Augen und zerrte wie wild mit den Armen, um freizukommen.

»Lukas! Sieh mich an. Sieh mich bitte an. Habt ihr euch deswegen gestritten?«

»Das stimmt alles nicht! Du hörst mir nie zu.«

Ich zerrte und zappelte, aber so war ich chancenlos. Ich musste es anders versuchen.

Mit einem Ruck warf ich meinen rechten Arm nach außen, dass der Handrücken meiner Mutter gegen die Tischkante knallte. Nicht wirklich doll, aber es genügte. Mit einem Schrei ließ sie los. Wütend zog sie mich mit ihrer anderen Hand zu sich heran, um mich wieder unter Kontrolle zu bringen. Das nutzte ich aus. Ich gab nach.

Ihr eigener Schwung brachte sie aus dem Gleichgewicht, sodass sie samt Stuhl umgefallen wäre, wenn sie sich nicht mit beiden Händen an der Tischkante festgehalten hätte.

Ich war frei.

Mit einem Satz sprang ich zur Küchentür. Bevor ich sie zuknallte, schleuderte ich ihr noch ein »Ich erzähl dir nie wieder etwas« ins Gesicht.

Zwei Türknallen später war ich auf der Straße.

Ich wusste zwar nicht wohin, aber ihr »Lukas? Lukas, warte!« trieb mich weiter.

DIE WELT STÜRZT EIN

»Wer sind Sie denn?«

Du wünschst dich weit fort, bevor deine Mutter die Antwort auf diese Frage erhält. Denn andere Fragen werden folgen. Und andere Antworten. Aber keine Fee erscheint, und auch der Boden tut sich nicht unter dir auf, um dich gnädig zu verschlucken. Stattdessen streckt dein Klassenlehrer seine Hand aus.

»Guten Tag. Sie müssen Frau Wolff sein. Weinert ist mein Name.«

»Und was machen Sie in meiner Wohnung?«

»Ich bin Jules Klassenlehrer.«

»Ah … ja, natürlich … guten Tag.«

Es dauert, bis deine Mutter ihre Plastiktüten abgestellt und die Hand geschüttelt hat. Dir geht es immer noch zu schnell.

»Ist was passiert?«, fragt sie verunsichert.

»Nein, nicht direkt. Eher im Gegenteil.«

»Na, da bin ich aber beruhigt. Kommen Sie doch rein.«

»Schon geschehen.«

Dein Lehrer tritt einen Schritt zur Seite, um deine Mutter durchzulassen. Endlich erwachst du aus deiner Erstarrung.

»Mama! Musst du nicht zu deinem IT-Dingsda?«

»Das war gestern.«

Sie wirft dir einen irritierten Blick zu, dann schmeißt sie sich in die Rolle der Gastgeberin – die sie fast verlernt hat, weil sonst nie jemand vorbeikommt.

»Nehmen Sie doch Platz«, fordert sie ihn auf, während sie die Sachen deines Bruders vom Sofa räumt. »Wenn ich gewusst hätte, dass Sie heute kommen, hätte ich Kuchen gekauft.«

Kuchen! Das ist das Stichwort.

»Mama, mir ist schlecht!«, hauchst du.

Sie hört dich nicht. Also musst du Tatsachen schaffen. Du rennst aufs Klo – Kuchen aus Kotze Glibber Schnodder Schleim Schimmel Hundekacke Katzenpisse –, du nimmst zwei Finger, aber es klappt nicht, du kannst dich nicht übergeben. Die Angst schnürt dir die Kehle zu und hinter dir geht es weiter. Du darfst nicht aufgeben. Du musst zurück, wo deine Mutter wie ein aufgescheuchtes Huhn durch die Wohnung rennt.

»Wollen Sie einen Kaffee? Was ist denn mit Jule los? Ich bin leider nicht auf Gäste vorbereitet …«

Dein Lehrer lässt sich von dem Chaos nicht anstecken. Er steht im Flur und bereitet in aller Ruhe dein Ende vor.

»Ich bin eher zufällig hier. Ich hatte um die Ecke zu

tun und da wollte ich mich kurz nach Jules Gesundheitszustand erkundigen. Aber ihre Magen-Darm-Grippe scheint langsam überstanden zu sein, nicht wahr?«

In dir krampft sich alles zusammen. Du presst die Hände auf den Bauch und machst ein schmerzverzerrtes Gesicht. Doch Verzweiflung ist keine Magen-Darm-Grippe.

»Magen-Darm-Grippe?« Deine Mutter hört auf, den Wohnzimmertisch zu wischen. »Welche Magen-Darm-Grippe?«

»Aua, mein Bauch.«

Immerhin kannst du den verwirrten Blick deiner Mutter auf dich ziehen.

»Aber Jule, was … wieso hast du mir nichts gesagt?«

Sie macht ein paar Schritte auf dich zu, breitet die Arme aus. Dein Lehrer redet unbeirrt weiter.

»Sie haben doch geschrieben, dass Ihre Tochter heute zu Hause bleiben muss, wegen einer Magen-Darm-Grippe.«

»Was habe ich geschrieben?«

Die Arme, die sich tröstend um dich geschlossen haben, erstarren. Du drückst dich trotzdem an deine Mutter und versuchst, sie mit dem Bitten in deinen Augen zu beschwören.

»Na, dass ich zu Hause bleiben muss, wegen meiner Magen-Darm-Grippe.«

Als sie dich anschaut, weißt du, dass sie auf der anderen Seite steht.

»Ich hab überhaupt nichts geschrieben.«

Der Weinert zieht einen Zettel aus seiner Jackentasche und hält ihn ihr unter die Nase.

»Das haben Sie also nicht geschrieben?«

»Mama, bitte!«, bettelst du.

Aber du hast keine Chance. Sie nimmt den Wisch und wirft einen kurzen Blick drauf.

»Nein. Das habe ich nicht geschrieben«, bestätigt sie sein Urteil und gibt das Beweisstück zurück. »Obwohl mir die Schrift sehr bekannt vorkommt.«

»Tja, das habe ich mir leider gedacht.«

»Was wollen Sie damit sagen?«

»Jule ist nicht gerade selten krank. Meistens Erkältung. Oder Magen-Darm-Grippe.« Dein Lehrer faltet den Zettel zusammen und steckt ihn wieder ein. »In dieser Angelegenheit haben wir Sie bereits zweimal angeschrieben, aber Sie haben leider nicht geantwortet.«

»Ich hatte keine Ahnung von dem Ganzen.«

Natürlich, wie auch? Wenn sie ständig wegguckt! Wahrscheinlich hättest du die Briefe nicht mal verschwinden zu lassen brauchen … und dann hältst du es nicht mehr aus. Als ob es deine Schuld wäre, dass du hier wie ein Schwerverbrecher behandelt wirst. Als ob es deine Schuld wäre, dass die Schule so zum Kotzen ist, wegen der blöden Mathelehrerin, der blöden Zicken aus deiner Klasse, wegen des ganzen Zeugs, das nicht in deinen Kopf will und bei dem dir auch niemand hilft, wenn du es nicht verstehst. Mit dem du alleine klarkommen musst, so wie deine Mutter alleine damit klarkommen muss, dass sie einen beschissenen Job hat, mit dem sie viel zu wenig

Geld verdient und der ihr viel zu wenig Zeit für dich, für deinen Bruder, für sich selbst und für ein Leben lässt, das man Leben nennen kann. Sodass du nachts, wenn du im Bett liegst und sie glaubt, dass du schläfst, ihr Weinen durch die dünnen Wände hören kannst. Als ob es deine Schuld ist, dass du es zu Hause kaum aushältst, weil dein Zuhause kein Zuhause ist, sondern nur ein Bett und ein Kühlschrank und ein Fernseher und ein abgeranztes Sofa mit ein paar Wänden drum herum.

Du beißt die Zähne zusammen, presst die Tränen zurück und reißt dich los. Schnappst dir im Hinausrennen deine Jacke und rempelst den Weinert an, der von deiner Flucht genauso überrascht ist wie deine Mutter.

»Jule! Jule! Bleib hier!«, ruft sie hinter dir her. Erst im Befehlston, dann immer wütender – auf dich, auf ihre eigene Hilflosigkeit und auf die ganze Ungerechtigkeit dieser Welt.

»Jule! Bleibst du wohl hier! Ich verlange eine Erklärung von dir!«

Ihre Stimme verfolgt dich durchs Treppenhaus. Erst als die Haustür hinter dir zufällt, hörst du sie nicht mehr.

Du hörst nicht, wie Tim aus eurem Zimmer stürzt und deine Mutter und den Weinert gleich noch mal über den Haufen rennt. Wie er hinter dir die Treppe herunterhechtet, während deine Mutter schimpft, dass sie eine Erklärung haben will. Wenigstens von ihm, für diesen Zettel mit seiner Schrift, wenn er ihr schon sonst nichts erklären kann. Du hörst nicht, wie sie zusammenbricht und jammert: »Was soll ich nur tun? Was soll ich nur tun?« Bis der Weinert ihr vorschlägt, sie solle vielleicht zuerst nach ihrer Tochter schauen. Nicht, dass die noch mehr Dummheiten …

Wie sie aufschreit und ebenfalls die Treppe herunterstürzt, gefolgt vom Weinert, der ihr mit einem »Warten Sie. Ich komme mit« hinterherläuft. Du hörst es nicht und du willst es nicht hören. Du willst nur weg.

Deine Beine bewegen sich von allein, deine Gedanken gehören nicht mehr dir. Deine Fingernägel bohren sich in die Handballen, und deine Zähne pressen sich zusammen, ohne dass du es merkst. Du bist explodiert und in deine Einzelteile zerlegt worden, ein Trümmerwirbel ohne Anfang und ohne Ende.

Du bist am Ende.

Aber du rennst trotzdem weiter. Du rennst und rennst, denn deine Beine wissen nichts von deinem Ende.

Sie funktionieren weiter, als wärst du noch ein Ganzes.

ALLEIN

Wohin, wenn man alle Türen hinter sich zugeschlagen hat?

Wohin, wenn man sich alles verbaut hat?

Ich war noch nie weggelaufen. Ich hatte in Büchern davon gelesen, mich auch nach Streit mit meinen Eltern in solche Fantasien hineingesteigert – aber es waren Fantasien geblieben. Toll, wenn man sich vorstellt, dass die Eltern reuig nach einem suchen. Verzweifelt ihre Fehler einsehen. Ihren Jungen beim glücklichen Wiedersehen mit Tränen in den Augen um Verzeihung bitten. Ihren Jungen, der gut ohne sie klargekommen ist. Der ein paar aufregende Abenteuer erlebt hat und viel erwachsener ist, als sie es wahrhaben wollen. Aber wirklich allein auf der Straße zu stehen war alles andere als toll.

Ich wusste nicht mal, wo ich war.

Ich war nur gelaufen. Weg. Hauptsache weg. Weg von meiner Mutter, die hinter mir herlief und herrief, abwechselnd drohend, flehend, verzweifelt, wütend – bis ich sie abgehängt hatte. Weg von den Fehlern, die ich gemacht hatte. Aber die konnte ich nicht hinter mir lassen, sosehr ich auch rannte.

Irgendwann konnten meine Beine nicht mehr. Ich stolperte noch ein paar Schritte weiter, dann sackte ich auf einer Kante vor einem Schaufenster in mich zusammen. Ich wollte nicht mehr. Nicht mehr rennen und nicht mehr denken. Nicht mehr sehen und nicht mehr hören. Nicht mehr fühlen. Nicht mehr da sein.

Ich wollte nur noch eins: mir selbst leidtun.

Die Tränen kamen wie erwartet.

Ich vergrub den Kopf in meinen Armen, um sie für mich zu behalten.

SO GUT WIE TOT

Irgendwann spürst du deine Beine wieder. Jeder Muskel macht sich bemerkbar und erinnert dich daran, dass alle deine Körperteile doch zu dir gehören. Dass du nicht ewig rennen kannst.

Aber was dann? Sich verkriechen?

Da kannst du dich auch gleich begraben.

Du schleppst dich in einen dieser trostlosen Hinterhöfe, in die sich kaum ein Mensch verirrt. Rissiger Asphalt, ein Strauch, der sich durchgekämpft hat, Unkraut in allen Ecken. Ein paar rostige Fahrräder und die Mülltonnen für Altglas, Altpapier, Plastikzeug, Bio- und Restmüll. Die staubgrauen Fenster, die sich bis zum Himmel stapeln, schauen dich fragend an: Wohin gehörst du?

Du entscheidest dich für eine der großen blauen Altpapiertonnen. Das war mal dein coolster Platz beim Versteckspielen, niemand hat dich in so einem Ding gefunden. Niemand kam auf die Idee, jemand könnte sich freiwillig zum Müll legen. Der Gedanke daran erscheint dir wie eine Erinnerung aus einem anderen Leben.

Du öffnest den Deckel. Der Geruch von warmem Papier strömt dir entgegen. Zum Glück keine Pizzapappen mit angetrockneter Tomatenpampe. Nur saubere Kartons, alte Zeitungen und Briefe, die ihren Zweck erfüllt haben. Du stemmst dich hoch und lässt dich fallen. Ein trockenes Rascheln, als du einsinkst. Der Deckel klappt zu. Das Papiergrab hat dich verschluckt.

Gedämpftes Blau umfängt dich. Du starrst in diese Dämmerung und lässt dich noch einmal fallen. Innerlich. Dann schließt du die Augen und verschmilzt mit dem Papier.

Du bist ein Buch, das ausgelesen ist.

Ohne Happy End.

MEISTER YODA

Keine Ahnung, wie lang ich so dasaß. Irgendwann waren die Tränen alle. Auch vom Selbstmitleid war nur noch eine dumpfe Schwere geblieben.

Ich guckte hoch.

Niemand beachtete mich. Die Leute liefen an mir vorbei, als würden überall und zu jeder Zeit Menschen aus der Bahn geworfen und vor irgendwelchen Schaufenstern stranden. Dann sah ich mich um … und musste bitter lachen.

Meister Yoda stand vor mir.

»Du noch nicht sein bereit«, hörte ich seine Stimme. Kopfschüttelnd sah er mich an. Was für ein böser Scherz: Ausgerechnet vor einem Spielzeugladen war ich gelandet.

Ich stand auf und ging weg.

So deutlich wollte ich nicht an mein Scheitern erinnert werden.

KLAPPE AUF – KLAPPE ZU

Wie lange du so liegst, weißt du nicht. Irgendwann hebt sich der Deckel und eine frische Ladung Papier segelt auf dich herab.

Deine Augenlider klappen hoch und dein Kopf schaltet sich automatisch ein. Jetzt wirst du endgültig begraben, denkst du. Es ist dir recht, schließlich bist du tot.

Die Klappe fällt zu, die Klappe geht auf. Eine zweite Ladung landet auf dir – und diesmal sieht dich die Frau, sieht deinen reglosen Körper und deinen starren Blick. Ihre Augen weiten sich. Aber es dauert noch eine Sekunde, bis sie schreiend davonrennt.

Ihr Schrei holt dich ins Leben zurück. Du weißt, du kannst nicht tot sein. Der Tod ist lautlos, wie ein Film ohne Tonspur.

Benommen richtest du dich auf und kletterst aus der Tonne. Man hat dich gefunden, du musst dir ein neues Versteck suchen, so geht das Spiel.

Als du den Boden berührst, ist die Frau schon am Eingang zum Treppenhaus. Panisch wirft sie einen Blick zurück – und ihre Angst verwandelt sich in Wut. Sie bleibt stehen und schreit dich an: Was dir einfallen würde, andere Leute so zu erschrecken, dass das nicht lustig sei, irgendwo höre der Spaß auf, und was deine Eltern dazu sagen würden … Sie geht auf dich zu, sie will dich packen oder dir eine scheuern. Aber etwas hält sie zurück.

Drei Meter vor dir verstummt sie.

Wahrscheinlich hat sie gemerkt, dass es auch für dich kein Spaß ist.

Wortlos lässt sie dich passieren. Du spürst ihren Blick im Rücken, bis dich die Hofeinfahrt verschluckt und wieder auf die Straße spuckt.

Die Leute dort beachten dich kaum. Wieso sollte sich jemand für dich interessieren? Dir sind sie doch auch egal.

Plötzlich klingelt irgendwo in deinem Hirn eine Alarmglocke. Mit einem Schlag bist du hellwach. Hinter dir, an der Ecke. Eine Bewegung, die nicht gesehen werden will.

Ein Schatten, der dir folgt.

Schon an der nächsten Kreuzung weißt du: Es ist der Schatten deines Bruders.

OHNE ZIEL

Es war ein merkwürdiger Streifzug. Sonst wollte ich immer irgendwohin: zur Schule, nach Hause ... es war immer ein Gang von A nach B. Jetzt war ich komplett ohne Richtung. Und die Welt um mich herum interessierte mich nicht die Bohne. Ich hätte genauso gut eine leere Fläche durchwandern können.

Ich lief durch Straßen, stand vor Schaufenstern, ging sogar in den einen oder anderen Laden, ohne dass ich irgendetwas davon mitkriegte.

Alles wie von selbst, wie ferngesteuert.

Ich strich durch Parks, über Brücken, durch Tunnel, irrte durch mir völlig fremde Viertel, ohne dass ich irgendwie daran beteiligt war. Schließlich fand ich mich in einem U-Bahnhof wieder, den ich nie zuvor betreten hatte.

Die Stadt war riesig.

Auf dem Stadtplan, der dort unten hing, konnte ich es

sehen. Ein einziges Gewimmel von Straßen, von denen die meisten mir nichts sagten. Wie viele Leute liefen darin herum? Und wie vielen ging es gerade so dreckig wie mir? Oder dreckiger? Und wen interessierte das?

Ich war so was von egal.

Sogar mir selbst.

DER SCHATTEN DEINES BRUDERS

Du lässt dir nichts anmerken: Deine Schritte sind genauso schleppend wie vorher, die Arme hängen kraftlos runter. Deine ganze Haltung ist eine einzige Kapitulation. Aber innerlich bist du bereits auf dem Kriegspfad.

Der Schatten hinter dir huscht eine Ecke weiter.

Warum verfolgt er dich? Was will er von dir?

Plötzlich weißt du es.

Es geht nicht um dich.

Du sollst ihn führen.

Zu Lukas.

Der Gedanke macht dir Hoffnung. Auf einmal ist klar, wohin du gehen kannst. Weil … vielleicht hat Lukas nicht das getan, was er vorhatte? Du hast ja auch deinen Bruder zur Rede gestellt, obwohl dir das undenkbar erschien.

Wenn ihr euch wieder vertragt, vielleicht findet ihr einen Weg?

Gleichzeitig jagt dir der Gedanke Angst ein. Du weißt

nicht, ob deine Hoffnung dumm ist. Ob nicht alles zu spät ist.

Und du weißt, dass du alles nur schlimmer machst, wenn du deinen Bruder an sein Ziel führst.

DER PLAN

Mein Blick verlor sich auf dem Plan, so wie ich mich vorher in der Stadt verloren hatte. Er huschte an Ku'damm und Kaiserdamm vorbei, blieb kurz an der Pestalozzistraße hängen, schweifte über den Lietzensee und den Tiergarten, flog von da hin und her über den Plan, als suchte er etwas, von dem ich selbst nicht wusste, was es war.

Plötzlich blieb er hängen. An der Bredowstraße.

Es dauerte etwas, bis mir klar wurde, warum.

Es war Jules Straße. Zumindest, wenn sie vorhin nicht gelogen hatte. Ich sah mich um. Wo war ich?

Dann sah ich zurück auf den Plan.

Ich hatte wieder ein Ziel.

JAGD

An der nächsten Ampel sprintest du los, gerade als sie auf Rot springt. Alle Müdigkeit ist verschwunden. Du lebst, und du wirst allen zeigen, dass du nicht kleinzukriegen bist.

Der Schatten hinter dir wird ebenfalls schneller, aber an der Ampel zwingt ihn die Autolawine zum Stehenbleiben. Du hörst ihn fluchen, über allen Lärm hinweg, und zum zweiten Mal rennst du heute im Slalom zwischen den Leuten hindurch.

Wann kommt endlich die nächste verdammte Querstraße?

Die Ampel hinter dir hat bestimmt schon die Farbe gewechselt und du läufst immer noch in dieselbe Richtung. Du könntest schnell in einem von diesen Minigeschäften verschwinden. Aber das sind Sackgassen, die zur Falle werden, wenn dein Bruder das mitbekommt. Also weiter.

Endlich eine Straßenecke und da vorn gleich die

nächste. Je mehr Kreuzungen und Abzweigungen, desto besser. Du wagst nicht, dich umzusehen. Du musst nach vorn denken, nur so hast du eine Chance. Dein Bruder ist schnell, das weißt du. Selbst wenn du ihn nicht siehst, heißt das nichts. Du kennst die alte Detektivregel: Unterschätze niemals deinen Gegner.

Eine rote Ampel und rauschender Verkehr versperren dir den Weg. Stehenbleiben geht nicht, also musst du nach links abbiegen und an der nächsten Kreuzung gleich wieder. Jetzt rennst du auf der Parallelstraße praktisch zurück, hoffentlich …

Scheiße, da vorn ist er.

Er hatte dich verloren und jetzt wärst du ihm fast in die Arme gelaufen. Du machst auf der Stelle kehrt, aber dein Vorsprung ist dahin.

Es geht von vorn los.

Drei Kreuzungen weiter endlich ein Lichtblick! Du rennst in das große Kaufhaus hinein, durch die Parfümabteilung hindurch und auf der anderen Seite wieder hinaus. Nebenan gleich der nächste Riesenschuppen. Hinein, aber diesmal die Rolltreppe hoch. An Küchengeräten und Computern vorbei, an PC-Spielen und Kameras bis ganz nach oben. Dann stehst du in der hintersten Ecke vor einem DVD-Stapel, alle Antennen auf die Aufgänge gerichtet, und hörst deinen Puls jagen.

Ruhig, ganz ruhig. Du bist nur ein Mädchen, das sich umguckt.

Plötzlich ein Schatten neben dir.

Du zuckst zusammen.

»Kinderfilme sind dahinten«, murrt ein Verkäufer.

Na ja, der Stoß Horrorfilme vor dir und dein hämmerndes Herz sind eine etwas auffällige Kombination.

»Ich such ein Geschenk für meinen Papa«, lügst du.

»Das hätte ich an deiner Stelle auch gesagt.«

Damit lässt er dich zum Glück in Ruh.

Du bleibst, wo du bist. Von hier hast du die Rolltreppe und den Fahrstuhl im Blick, ohne selbst gesehen zu werden. Dein Atem beruhigt sich.

Nach einer gefühlten halben Stunde nimmst du den Fahrstuhl nach unten und trittst auf die Straße. Vorsichtig siehst du dich um, aber keine Spur von deinem Bruder.

Das muss nichts heißen …

Du gehst durch fünf weitere Läden und fährst eine Station schwarz mit der U-Bahn. Länger wäre besser, am besten bis zur Endstation, aber das machen deine Nerven gerade nicht mit. Eine Weile treibst du noch ziellos durch die Stadt, erst dann machst du dich auf den Weg zu Lukas.

Du bist dir nicht hundertprozentig sicher, ob du deinen Verfolger abgehängt hast. Aber hundertprozentige Sicherheit gibt es nicht.

Schon gar nicht für dich.

NETTE NACHBARN

Entschlossen drückte ich die Klingel. Ein fernes Dingdong antwortete. Ich war in Hochstimmung. Aber niemand machte auf.

Ich klingelte ein zweites Mal.

Wartete.

Klingelte noch mal. Und noch mal.

Schließlich ließ ich den Finger auf dem Klingelknopf liegen und hoffte, dass das ununterbrochene Dingdong-Dingdong Jule herbeizaubern werde.

Stattdessen ging schräg über mir ein Fenster auf und ein Mann brüllte: »He, du Knallkopf. Raffst du es endlich? Da ist keiner zu Hause! Oder muss ich erst runterkommen und dir das in deinen hohlen Schädel prügeln?«

Das Fenster wurde zugeknallt. Mein Finger hatte sich vor Schreck zurückgezogen wie eine verängstigte Schnecke. Die Hochstimmung war dahin.

Ich wusste endgültig nicht weiter.

Das Klingeln echote in meinem Kopf, und die Worte, die ich nicht loswerden konnte, mischten sich dazu: *Jule, dingdong-dingdong, mach auf, dingdong-dingdong, ich muss mit dir reden.*

Mein Blick wanderte vom Fenster zu der Tür, die sich nicht für mich öffnete: *Ich hab euch nicht verpetzt, ich schwör's, dingdong-dingdong, wir sind doch ein Team, wie Luke und Leia, dingdong-dingdong, ich hab niemandem was erzählt, höchstens meiner Mutter, dingdong-dingdong, aber nicht direkt, nicht so, wie's war, sondern nur in Andeutungen, so um die Ecke.*

Ich sah, wie Jule ihren Frostfeuerblick bekam, und meine Gedanken ratterten weiter: *Aber die hat alles falsch verstanden, dingdong-dingdong, dabei ist die sonst nicht so, dingdong-dingdong, die glaubt jetzt, dass …*

Die Worte verschwanden. Selbst in meiner Vorstellung traute ich mich nicht, ihr die Wahrheit zu sagen. Auch das Klingeln war verhallt. Mein Kopf war so leer wie ein Kühlschrank nach dem Angriff der Killerameisen. Wütend schlug ich mit den Fäusten gegen die Tür.

Ich war so doof gewesen.

Am Computer, da konnte ich ganze Welten bezwingen. Aber wenn es darauf ankam … Und meine Mutter war noch viel bescheuerter gewesen. Ständig fragte die: »Wie war's in der Schule?«

Aber kaum erzählte ich was wirklich Wichtiges, hörte sie nicht richtig zu.

Ich ließ meinen Frust an der Tür ab, bis das Fenster über mir erneut aufging.

»Mann, verpiss dich. Mach deine Trommelübungen woanders. Sonst komm ich runter und benutz dich als Schlagzeug.«

Ich war weg, bevor der Typ das Fenster wieder zugeschlagen hatte.

Die Sintflut stand mir in den Augen.

IN DER HÖHLE DER LÖWIN

Du stehst vor derselben Tür wie vor drei Wochen. Aber alles ist anders. Jetzt ist es kein Spaß mit jemandem, den du nicht kennst. Jetzt hat diese Tür für dich eine Geschichte.

Du klingelst trotzdem.

Lukas' Mutter öffnet. Das Ohr am Telefon und in den Augen ein Leuchten, als würde sie den Weihnachtsmann erwarten. Aber das verlischt, als sie dich sieht. Dir ist das egal. Du musst dich zurückhalten, um nicht an ihr vorbei in die Wohnung zu stürmen.

»Tag, Frau Erdmann. Ist Lukas da?«

»Na, das ist aber eine Überraschung. Jule ...«

»Ist er da?«

Ohne dich aus den Augen zu lassen, spricht sie in die Leitung: »Ja, sie ist es ... ja, sag ich doch ... wenn man vom Teufel spricht ...«

Aber darauf achtest du nicht.

»Ich muss dringend mit ihm reden«, drängelst du.

»Das kann ich mir vorstellen.« Und wieder ins Telefon: »Ja, Schatz. Ich ruf gleich noch mal an.«

Sie legt auf und ist dann ganz bei dir. Und scheißfreundlich.

»Na, komm erst einmal rein.«

Das lässt du dir nicht zweimal sagen. Du merkst nicht, wo der Hase lang läuft. Du bist auf dem Weg zu Lukas und nur der Form wegen fragst du: »Ist er in seinem Zimmer?«

»Nein.«

Du änderst die Laufrichtung, ohne Tempo zu verlieren.

»In der Küche?«

»Nein.«

Die Wohnungstür hat sich hinter dir geschlossen.

»Im Wohnzimmer?«

»Nein.«

Du bleibst stehen und guckst sie fragend an. Und endlich kapierst du, dass etwas nicht stimmt. Vor dir hat sich eine Frau mit verschränkten Armen aufgebaut, die sich keine Mühe mehr gibt, nett zu wirken.

»Er ist nicht da«, sagt sie.

Sofort ziehst du deinen Panzer an, der dich vor Erwachsenen am besten schützt: außen nett und harmlos, ansonsten blickdicht.

Bloß nichts zeigen.

»Wo ist er dann?«, fragst du unschuldig, während du selber nach einer Antwort suchst.

»Das wüsste ich gerne von dir.«

»Ich dachte, er wäre hier.«

»Ist er aber nicht.«

»Ich denk, der hängt den ganzen Tag vorm Computer?«

»Er ist fortgelaufen.«

»Oh, das … äh … tut mir leid.«

Du machst eine Bewegung in Richtung Tür, aber Lukas' Mutter gibt den Weg nicht frei. Offensichtlich hält sie eure Unterhaltung nicht für beendet. Sie guckt dich an, als müsste dir ihr nächster Satz den Boden unter den Füßen wegziehen.

»Nachdem er mir von eurer Geschichte mit den Fahrrädern erzählt hat.«

»Welche Fahrräder?«

»Die gestohlenen Fahrräder.«

»Aber ...«, es verschlägt dir die Sprache. In dir bricht eine Welt zusammen.

»Und wie du mit drinhängst, hat er ebenfalls erzählt.«

Von wegen ewige Treue! Luke und Leia, das war's wohl.

»Diese Petze«, zischst du.

»Und? Worüber wolltest du mit Lukas reden?«

»Geht Sie nichts an.«

»Ich glaub schon. Lukas ist immerhin mein Sohn.«

Eine besorgte Mutter ist das Letzte, was du jetzt gebrauchen kannst. Aber so, wie sie dich anschaut, weißt du, dass sie dich nicht gehen lassen wird.

Nicht ohne Gegenleistung. Nicht, ohne dass du ihr irgendetwas von dem erzählst, was sie ohnehin schon weiß. Doch du hast deinen Stolz. Du wirst das Bündnis nicht verraten. Du nicht. Du bist keine Verräterin.

»Also, worum geht's?«, fordert sie dich auf.

»Kann ich nicht sagen.«

»Soll er, wie sagt man: Schmiere stehen?«

»Nein.« Verwundert schaust du sie an. »Wie kommen Sie darauf?«

»Ein bisschen hat mir Lukas schon erzählt.«

Siegessicher blickt sie auf dich herab. Aber du kriegst die Puzzleteile nicht zusammen. Wovon redet die Frau?

»So einen Blödsinn hat er bestimmt nicht erzählt.«

»Nun werde mal nicht unhöflich«, fährt sie dich an. »Ich weiß Bescheid.«

»Gar nichts wissen Sie.«

»Also gut. Dann sag ich es dir: Du klaust Fahrräder und verkaufst sie an einen Hehler. Und Lukas sollte dir dabei helfen.«

»Was?« Du fällst aus allen Wolken. »Aber das stimmt nicht.«

»Darüber habt ihr euch gestritten.«

»Wir haben uns über was ganz anderes gestritten.«

»Warum machst du das überhaupt?«

»Ich mach das doch gar nicht!«

Diesmal kannst du dich sogar zu Recht verteidigen. Aber das hat noch nie jemanden interessiert.

»Musst du Lukas da unbedingt mit reinziehen?«

»Ich zieh ihn nirgendwo mit rein.«

»Und weswegen bist du dann hier?«

»Ich … ich muss ihn warnen«, machst du einen letzten Versuch in Richtung Wahrheit. Aber dafür ist es zu spät.

»Warnen!«, schnaubt sie. »Vor dir muss man ihn warnen. Leider.«

»Nein, vor … vor meinem großen Bruder.« Du kämpfst mehr mit dir als mit ihr. »Wenn der rauskriegt, wo Lukas wohnt, dann …«

Das hättest du nicht sagen sollen. Wütend packt sie dich am Arm und schüttelt dich.

»Jetzt langt es aber. Das ist ja lächerlich. Wenn du ihn damit erpressen willst, dann …«

»Nein, ich …«

Du reißt dich los. Reden hat keinen Zweck mehr, das siehst du endlich ein. Du versuchst, zur Tür zu kommen, aber sie erwischt dich sofort. Wieder machst du dich frei. Dann eben durchs Fenster, und wenn du durch Glas springen musst. Doch bevor du den Flur hinter dir lassen kannst, hat sie dich. Wie ein Schraubstock schließen sich ihre Finger um dein Handgelenk. Den Griff hättest du ihr nicht zugetraut.

»Es reicht!«, faucht sie. »Du kommst jetzt mit!«

»Aua. Lassen Sie mich los.«

»Wir gehen zur Polizei.«

»Nein!«

Du kämpfst ohne Rücksicht auf Verluste, aber du hast keine Chance. Längst hat dich ihre zweite Hand gepackt.

»Ich hab es im Guten versucht. Aber das scheint bei dir nicht zu funktionieren.«

»Lassen Sie mich los!«

Du trittst gegen ihr Schienbein. Leider erwischt du sie nicht voll. Der Druck um dein rechtes Handgelenk verstärkt sich, dein linkes ist plötzlich frei. Und dann hast du eine Ohrfeige im Gesicht, die sich gewaschen hat. Augenblicklich bricht dein Widerstand in sich zusammen.

Tränen schießen dir in die Augen. Nicht so sehr wegen deiner brennenden Backe, sondern wegen dieser ganzen verdammten Welt, die sich gegen dich verschworen hat und dich fertigmachen will. Mit allen erlaubten und unerlaubten Mitteln.

»Sie haben die totale Vollmeise«, würgst du hervor.

»Deine Frechheiten kannst du dir sparen!«

Entschlossen zieht sie dich nach draußen.

Ein kurzes Zögern.

Dann hat sie sich für einen Weg entschieden.

LUKAS

IN DEN FÄNGEN VON DR. SILBERBLICK

Wie ein geschlagener Hund kehrte ich in unsere Straße zurück. Ich war in die nächste U-Bahn geflüchtet, ohne Fahrschein, mit leerem Blick und ohne das nervöse Kribbeln, das sich bei einer solchen Untat hätte einstellen müssen. Sollten die Kontrolettis mich doch erwischen. Sollten sie mich verhaften. Mir war alles egal. Scheißegal.

Aber niemand interessierte sich für mich. Kein Kontrolleur erschien, und die anderen Fahrgäste beachteten mich sowieso nicht. Und ob ich am anderen Ende der Welt landen würde oder in der Eiswüste des Planeten Hoth, war ebenfalls egal. Ein Wunder, dass ich den Weg fand.

Mit hängenden Schultern, den Blick zu Boden, bog ich um die Ecke zu unserem Haus. Fast wäre ich in ihn hineingelaufen.

Dr. Silberblick!

Da stand er, Jules Bruder. Blickte mich missmutig an, während ich ihn mit weit aufgerissenen Augen anstarrte.

»Ist was, Kleiner?«

Renn weg, befahl mein Bordcomputer. Flieh! Gleich wird er dich packen und …

Stopp! Mein System meldete *Error, Error.* Ich hatte etwas Entscheidendes vergessen: Ich kannte ihn, aber er kannte mich nicht!

Krampfhaft versuchte ich, meinen Schock zu überwinden.

»Nee, ich …«

Meine Zunge verhakte sich, während die Gedanken in meinem Kopf Karussell fuhren. Was machte der hier? In meiner Straße, in Sichtweite unseres Hauses? Das war doch kein Zufall!

»... ich hab nur grad an so'n Film gedacht«, probierte ich es mit meiner bewährten Methode.

Sein Mund verzog sich zu einem Grinsen.

»War wohl nicht deine Altersklasse, was?«

»Doch.«

Was suchte der hier? Suchte der etwa ...

... mich?!

»Erzähl mir nix. Bleib lieber beim Sandmännchen.«

»Danke für den Tipp«, versuchte ich, auf seine Art von Humor einzugehen.

»Keine Ursache.«

Ich wollte mich gerade an ihm vorbeidrücken, da landete eine Hand schwer auf meiner Schulter.

»Sag mal, wie heißt du eigentlich?«

In seiner Stimme schwang plötzlich eine Spur von Misstrauen mit.

»L … Leonard«, stotterte ich.

»Wohnst du hier?«

»Nein, ich … ich will nur einen Freund besuchen.«

»Da?«

Er zeigte auf unser Haus. Ich schüttelte meinen Kopf und deutete in die andere Richtung.

»Nee, hier um die Ecke.«

Er schien zu überlegen. Sein Griff lockerte sich und er zog mich näher zu sich heran. Freundschaftlich legte sich ein Arm um meine Schulter.

»Sag mal, Leonard: Du kennst nicht zufällig einen Lukas?«

Ich schüttelte den Kopf.

»Sicher?«

Ich merkte, dass er mich aufs Glatteis führen wollte, nickte aber trotzdem.

»Die meisten Leute kennen wenigstens einen Lukas.«

»Wie meinst du das?«

»Ist nicht gerade ein seltener Name.«

»Ich … ich kenne keinen«, stammelte ich. Da kam mir eine Idee: »Oder … oder meinst du George Lucas?«

Ich sprach den Nachnamen mit Absicht auf Deutsch aus.

»Wen?«

»George Lucas. Den Regisseur von Star Wars«, klärte ich ihn auf. Und quasselte weiter, als hätte sich meine Zunge in einen Wasserfall verwandelt: »Also, persönlich kenne ich den natürlich nicht. Aber die Filme, die kenne ich. Alle, und ein paar Bücher. Also so Romane, die in dem Star-Wars-Universum spielen. Und eins über ihn, über den Regisseur, also über George Lucas, das war aber nicht so …«

»Lass mal gut sein. Ich glaub, den mein ich nicht.« Zögernd ließ er mich los und gab mir den Passierschein: »Na dann, hau ab.«

Ich setzte mich in Bewegung, wurde aber erneut festgehalten. Mit einem gefährlichen Funkeln in den Augen zog er mich zu sich heran und krächzte: »Aber Leonard: nicht wieder heimlich Horrorfilme gucken. Sonst …«

Er riss das Maul auf und grunzte, als wollte er mich beißen. Ich tat ihm den Gefallen, riss mich mit einem Angstschrei los und rannte die Straße hinunter, sein zufriedenes Lachen im Nacken.

Zwei Querstraßen weiter bog ich ab, lief um den Häuserblock herum zurück und machte an der Ecke hinter ihm Halt. Von da aus konnte ich ihn unbemerkt beobachten.

Ich hatte den Spieß umgedreht.

Der Beschatter wurde beschattet.

Ich brauchte nicht lange zu warten, bis er seinen Posten verließ. Ein kleiner Vorsprung, dann folgte ich ihm. Hatte er sein Vorhaben aufgegeben oder wollte er nur den Platz wechseln?

Vorsichtig spähte ich um die Ecke. Er war bereits eine ganzes Stück weiter. Unser Haus schien ihn nicht mehr zu interessieren. Ich huschte zur Eingangstür und hatte die

Hand schon auf der Klinke, den Schlüssel im Schloss, da bemerkte ich, dass er jemandem folgte.

Meiner Mutter.

Mit Jule im Schlepptau.

Einen kurzen Moment drehte sich alles um mich – meine Mutter, Jule, Tim, die Fahrraddiebe, der Polizist – und ich spürte wieder diesen unbändigen Drang, mich zu verkriechen. Dann hörte der Schwindel auf und meine Gedanken ordneten sich. Ich wusste zwar nicht, was ich tun sollte, aber eins wusste ich: Ein Jedi-Ritter lässt seine Freunde nicht im Stich.

Ich heftete mich Tim an die Fersen.

ENDSTATION

Vor dem Gebäude mit dem Schild POLIZEI versuchst du noch einmal freizukommen. Aber damit hat Lukas' Mutter gerechnet. Ohne zu zögern, schleift sie dich durch den Eingangsbereich, vorbei an Schildern und Pfeilen mit der Aufschrift ANZEIGENAUFNAHME bis in den Raum, in dem sie dein Schicksal besiegeln will.

An einem Tresen ist Endstation. Dahinter zwei Schreibtische, voll mit Computern und Papierkram. Hinter einem davon ein Polizist, der aussieht wie aus dem Fernsehen: blonder Schnauzbart ohne Hals über quadratisch, praktisch, gut. Bevor er von seiner Arbeit aufsehen kann, legt Frau Erdmann los.

»Guten Tag, ich möchte Anzeige erstatten. Ich habe hier eine kleine Straftäterin und …«

»Loslassen!«

Obwohl du verloren hast, willst du Widerstand zumindest zeigen. Dein Einsatz bleibt nicht ohne Wirkung.

»Können Sie Ihre Erziehungsprobleme nicht zu Hause lösen?«

Der Polizist hat sein Computergetippe unterbrochen und sieht euch wenig begeistert an. Seiner Stimme ist der Missmut deutlich anzuhören. Lukas' Mutter scheint von dieser Begrüßung überrascht zu sein.

»Wie bitte?«

»Ich bin nicht die Beratungsstelle für überforderte Mütter.«

Die Finger des Polizisten verharren über der Tastatur. Sein Blick ist eine einzige Aufforderung, ihn nicht weiter zu stören. Aber da ist er bei Frau Erdmann an die Falsche geraten.

»Ich meine es ernst. Das Mädchen ist …«

»Ich meine es auch ernst.« Mit einem genervten Stöhnen lässt er die Hände sinken. »Mir reicht's. Seit dieser Fernsehsendung kommen hier jeden Tag ein Dutzend Mütter an, um ihren verzogenen Bälgern einen Schrecken einzujagen. Aber ohne mich. Für Tischmanieren und Hausaufgabenkontrolle bin ich nicht zuständig. Ich bin Polizist, ich habe andere Arbeit zu erledigen als …«

»Das ist nicht meine Tochter!«

Zum Glück, denkst du.

Der Polizist lehnt sich kopfschüttelnd zurück und verschränkt die Arme vor der Brust: »Na, das wird ja immer besser. Jetzt kommen schon die Lehrer.«

»Ich kenne dieses Mädchen nicht.«

Der Ton von Lukas' Mutter hat eine Schärfe erreicht, die sogar dem Beamten auffällt.

»Und was wollen Sie dann hier?«

»Das sagte ich bereits: Ich will Anzeige erstatten.«

»Ach so. Sagen Sie das doch gleich.«

Du merkst, dass sie sich nur mühsam beherrschen kann, darauf nicht zu antworten. Schade, denkst du. Von dir aus hätten die beiden sich ewig bekriegen können. Nun geht's dir an den Kragen. Der Polizist fischt Stift und Schreibblock aus dem Durcheinander vor sich, stemmt sich hoch und kommt zu euch an den Tresen.

»In welcher Angelegenheit?«

Mit routinierter Langeweile sieht er Frau Erdmann an.

»Sie klaut Fahrräder.«

»Das stimmt nicht«, protestierst du. Aber der Polizist ignoriert dich und kritzelt ein einziges alarmierendes Wort auf seinen Block: FAHRRADDIEBSTAHL.

»Das Mädchen hat also Ihr Fahrrad geklaut?«

»Nein. Nicht meins.«

»Sie haben sie erwischt, als sie … ?«

»Nein, sie hat es meinem Sohn erzählt.«

»Hab ich nicht«, fährst du dazwischen.

Aber es ist, als wärst du nicht da. Fragend zieht der Polizist die Augenbrauen hoch und sieht Frau Erdmann an. Sein Stift schwebt über dem Papier.

»Ihrem Sohn?«

»Ja, meinem Sohn.«

»Und wo ist Ihr Sohn?«

»Das wüsste ich auch gern.«

»Den hätten Sie aber mitbringen müssen.«

Lukas' Mutter verdreht die Augen.

»Er ist weggelaufen«, seufzt sie. »Deswegen bin ich letztendlich hier.«

»Dann wollen Sie also eine Vermisstenanzeige aufgeben?«

»Ja, das auch. Beides.«

Der Polizist war kurz davor, das erste Wort wieder durchzustreichen. Jetzt schreibt er ein zweites dazu. Unschlüssig betrachtet er sein Werk und tippt ein paarmal mit dem Stift auf die Unterlage.

»Na gut. Jetzt schön der Reihe nach. Name?«

»Wessen, seiner oder ihrer?«, stöhnt Frau Erdmann. Offensichtlich geht es ihr nicht schnell genug.

»Ihrer.«

»Jule, den Nachnamen weiß ich nicht.«

Erstaunt hebt er den Kopf: »Sie werden doch Ihren Nachnamen wissen.«

»Ich kenne sie doch nicht«, kommt die genervte Antwort.

Jetzt kannst du die Augen verdrehen. Wenn du nicht so tief in der Scheiße stecken würdest, könntest du die Situation sogar lustig finden.

»Er meint Ihren Namen«, sagst du.

»Ach so, mein Name.«

»Ja, Herrgott noch mal!«

Der Polizist klingt nun ebenfalls genervt, was Lukas' Mutter nicht nachvollziehen kann.

»Seien Sie nicht so unfreundlich. Ingrid Erdmann.«

»Adresse?«

»Meine oder ihre?«

»Meine ja wohl kaum.«

Immerhin hat der Schnauzbart Humor. Aber das wird dir nichts nützen. Nach Name und Adresse wird es weitergehen, zurück zum ersten Wort auf dem Zettel. Krampfhaft versuchst du, dir eine Geschichte zurechtzulegen. Eine Story, die niemanden verrät und trotzdem glaubhaft klingt. In Gedanken nimmst du alle Ereignisse des Tages auseinander und setzt sie neu zusammen, aber es kommt nur Müll dabei raus.

Der Polizist hat inzwischen alle Daten notiert. Er hebt den Blick und sagt gedehnt: »Also, von vorn. Das Mädchen klaut Fahrräder?«

»Ja«, bestätigt Frau Erdmann.

»Nein!«

Dein Widerspruch nützt nichts. Du bist Luft für den Beamten. Verdammt, denkst du, warum lässt dich ausgerechnet jetzt deine Fantasie im Stich? Dafür bekommst du von anderer Seite Unterstützung. Atemlos stürzt jemand in den Raum, direkt auf den Beamten zu.

Du weißt nicht, ob du dich darüber freuen sollst.

Es ist dein Bruder.

LUKAS

DIE MACHT IST MIT MIR

Es war dieselbe Polizeiwache, vor der ich heute schon einmal gestanden hatte.

Vor ein paar Stunden war ich davongelaufen, vor allem vor einer Entscheidung. Das ging nicht mehr. Ich musste da rein. Ich konnte Jule nicht alleinlassen. Schließlich hatte *ich* Mist gebaut. Mein Versuch, die halbe Wahrheit zu sagen, hatte alles nur schlimmer gemacht. Die ganze Wahrheit konnte ich nicht sagen, zumindest nicht hier. Also blieb nur eins: Ich musste lügen.

Aber nicht für mich, sondern für Jule.

Auf den Eingangsstufen blieb ich stehen und schloss die Augen. Es war eine Prüfung. Keine von denen, die man in der Schule macht und die nichts weiter bedeuten als eine Note auf dem Papier. Sondern eine Prüfung, die darüber entscheidet, ob man am nächsten Tag noch in den Spiegel gucken kann.

Es war eine echte Jedi-Ritter-Prüfung.

Ich atmete tief durch.

Eine Welle von Ruhe und Kraft durchströmte mich. Meine Wackelpuddingbeine wurden fest und mein Körper nahm eine aufrechte Haltung an. Zweifel und Angst waren wie weggespült. Vielleicht zum ersten Mal in meinem Leben hatte ich das Gefühl, eine Entscheidung zu treffen, die über die Frage hinausging, was ich mir zu Weihnachten wünschte.

Und die Macht würde mit mir sein.

In der Eingangshalle sah ich mich kurz um, dann folgte ich den Schildern. Gemessenen Schrittes und aufrecht. Ich hatte es nicht eilig. Keine Hektik sollte mich zum Stolpern bringen, kein Gefühl meinen Geist vernebeln. Ich war wie eine Kugel, die den Lauf verlassen hat.

Durch nichts zu bremsen, bis sie ihr Ziel erreicht.

VÖLLIG DURCHGEKNALLT

»Guten Tag.« Dein Bruder überschlägt sich fast vor Aufregung. »Ich wollte eine Suchmeldung aufgeben, meine kleine Schwester …«

»Immer der Reihe nach«, weist ihn der Polizist zurecht. »Wenn Sie bitte vor der Tür warten würden! Sie sind nicht allein auf der Welt.«

»Tim!«

Mit offenem Mund starrst du ihn an. Ist das Zufall? Oder hat er es geschafft, dich bis hierhin zu verfolgen? Auf jeden Fall hättest du ihm nicht zugetraut, dass er sich in eine Polizeiwache wagt.

Er starrt zurück und reißt alles auf, was sich in seinem Gesicht befindet.

»Jule! Da bist du ja!«

Seine Überraschung ist eindeutig gespielt. Jetzt weißt du Bescheid. Zumindest darüber, wie er hierhergekommen ist. Was er vorhat, weißt du nicht. Du bezweifelst, dass es Gutes bringt, selbst wenn es gut gemeint ist. Viele Gedanken kannst du dir ohnehin nicht machen, das Theater geht weiter. Er wickelt seine langen Arme um dich.

»Mensch, Jule, ich hab dich überall gesucht. Ich … Warum bist du weggelaufen?«

Instinktiv wehrst du dich gegen seine aufgesetzte Fürsorglichkeit. Vergeblich. Er ist stärker und ignoriert deine Gegenwehr genauso wie dein »Hau doch ab, du Idiot«.

»Haben Sie sie gefunden?«, fragt er Lukas' Mutter. »Vielen Dank. Sie … es tut mir leid, aber sie ist mir einfach abgehauen.«

Misstrauisch sieht Frau Erdmann zu, wie du dich in seinen Armen windest.

»Du bist ihr Bruder?«

»Ja.«

»Leider«, kommentierst du. So sehr hat er noch nie den Großen raushängen lassen. Du fühlst dich wie ein Baby behandelt oder als ob du nicht ganz richtig im Kopf wärst.

»Ich hoffe, sie hat nichts angestellt?«, fragt er mit einer Unschuldsmiene, für die du ihn am liebsten auf den Mond schießen würdest. Wer hatte denn was angestellt?

Auf der anderen Seite des Tresens lässt der Polizist seinen Stift durch die Finger wirbeln: »Nichts, außer anscheinend ein paar Fahrraddiebstählen.«

»Fahrraddiebstahl? Jule?« Er blickt mit großen Augen von einem zum anderen. »Das kann nicht sein.«

»Mein Sohn hat mir erzählt, dass sie ihm erzählt hat, dass …«

»Ich hab nichts erzählt. Ehrlich nicht!«, fährst du dazwischen. Aber Tim beachtet dich nicht.

»Ach, erzählt. Ich dachte schon.« Mit gespielter Erleichterung schüttelt er den Kopf. »Nein, das dürfen Sie nicht so ernst nehmen. Wissen Sie, Jule erzählt viel, wenn der Tag lang ist. Sie lebt ein wenig in ihrer eigenen Welt. Sie ist ein wenig …«

Dann macht er dieses Zeichen, das dir sagt, dass dein Gefühl dich nicht getäuscht hat: dass er dich für verrückt verkaufen möchte, für durchgeknallt, für eine arme Irre.

»Sag mal, spinnst du?«

»Entschuldigung, aber sie hört das nicht gerne. Ist ja verständlich. Aber deswegen muss ich ständig auf sie aufpassen.«

»Glauben Sie dem jungen Mann kein Wort.« Für Frau Erdmann ist der Zeitpunkt gekommen, seine Show zu unterbrechen. Energisch richtet sie sich an den Polizisten: »Ich kenne dieses Mädchen und sie ist alles andere als …« Sie wiederholt das Zeichen, aber der Schnauzbart präsentiert ihr jetzt die Rechnung für ihre rechthaberische Art.

»Ich denke, Sie kennen dieses Mädchen nicht?«

»Ja. Nein. Nicht so gut, aber gut genug, um …«

»Ja, ich weiß. Sie wirkt völlig normal, zumindest meistens, aber …«

Dein Bruder will seinen Auftritt zu Ende bringen, aber Lukas' Mutter hält dagegen.

»Wahrscheinlich stecken die beiden unter einer Decke.«

Der Polizist strahlt inzwischen die äußere Ruhe eines Dampfkochtopfes aus.

»Das werden wir schon herausfinden.«

»Können wir das nicht abkürzen?« Tim sieht ihn mit einem Blick an, den du zuletzt vor sechs Jahren bei ihm gesehen hast – als er noch die Erlaubnis zum Fernsehgucken brauchte. »Unsere Mutter macht sich Sorgen.«

Und mit einem Mal verstehst du, was Tim vorhat. Aber sein Plan scheint nicht aufzugehen.

»Erst der Name«, entscheidet der Beamte.

»Meiner oder ihrer?«, fragt Tim.

»Deiner.«

Du spürst, dass der Schnauzbart kurz vor einer Explosion steht. Aber dein Bruder kriegt davon nichts mit. Er windet sich.

»Ist der wichtig?«

»Ja!«

Nur das eine Wort brüllt der Bulle. Dabei haut er mit der flachen Hand auf den Tresen, dass dir deine allein vom Zugucken wehtut.

»Für's Protokoll!«, fügt er schwer atmend hinzu.

Erschrocken ist dein Bruder zusammengezuckt.

»Schon gut. Tim Wolff. Mit zwei f.«

»Adresse?«

Nichts scheint ihn davor bewahren zu können, eine Spur bis vor seine Haustür zu legen. Aber das Glück ist mit den Dummen.

Der nächste Bekannte steht in der Tür.

LUKAS

LUKE UND LEIA

»Guten Tag. Ich möchte mich stellen.«

Mit diesen Worten betrat ich den Raum, in dem die anderen versammelt waren.

»Erst mal hinten anstellen«, war der trockene Kommentar des diensthabenden Polizisten. Aber niemand reagierte auf den Witz.

Jule und ihr Bruder starrten mich ungläubig an. Meine Mutter schrie auf und fiel mir um den Hals. Tränen schossen ihr in die Augen, während sie mich fast erdrückte. Aber ich blieb ruhig stehen, ein Fels in der Brandung.

»Mama, lass das.«

»Wo warst du? Du kannst doch nicht einfach weglaufen.«

Sie nahm mein Gesicht in ihre Hände, damit ich sie anschaute. Ich hielt ihrem Blick stand, ohne ein Wort zu sagen.

»Ich hab mir Sorgen gemacht«, flüsterte sie und packte

in diesen Satz alle Gefühle der Welt auf einmal: Liebe, Angst, Wut, Trauer – was weiß ich.

»Und ich hab's abbekommen«, ergänzte Jule.

Sie stand neben uns und rieb sich ihr Handgelenk, auf dem Druckspuren zu sehen waren, die bestimmt vom Griff meiner Mutter stammten. Ich musste schlucken. Da war etwas ganz schön aus dem Ruder gelaufen. Der Polizeibeamte unterbrach unser Familienidyll.

»Ist das Ihr Sohn?«

»Das sehen Sie doch«, fauchte meine Mutter.

»Na, da hat sich ja zumindest die Vermisstenanzeige erledigt.«

Ungerührt strich er etwas auf dem Block vor sich durch. Dabei schaute er meine Mutter an, als wollte er sie zum Duell herausfordern. Die gab den Blick zurück und presste mich an sich.

Jules Bruder hatte mein Auftritt anscheinend die Sprache verschlagen. Wahrscheinlich trat er sich innerlich in den Arsch, dass er sich von mir hatte täuschen lassen. Und dass er bereit war, beim ersten falschen Wort von mir abzuhauen, war offensichtlich. Aber ich hatte nicht vor, ihn zu verraten.

Auch wenn er es vielleicht verdient hatte.

Ich wandte mich an den Polizisten: »Ich möchte ein Geständnis ablegen.«

»Lukas! Was …?«

Meine Mutter hätte mich vor Schreck fast losgelassen. Anscheinend war mein erster Satz auf der Wache nicht bis zu ihr vorgedrungen. Verwirrt sah sie mich an.

Der Beamte brachte seinen Stift mit einer Miene in Anschlag, als würde er mir alles zutrauen, bloß keine notierungswürdige Aussage.

»Nur zu«, stöhnte er.

»Ich bin der Fahrraddieb«, sagte ich.

So fest und klar, wie es sich für einen Märtyrer gehört. Aber anstatt dass der Polizist das zu Papier brachte, zog er lediglich die Augenbrauen hoch.

Meine Mutter fand als Erste die Sprache wieder.

»Lukas! Was erzählst du da?«

»Jedi-Ritter im Einsatz«, beglückwünschte mich Jule auf ihre aufbauende Art.

»Halt die Klappe«, zischte ich ihr zu, bevor sich meine Mutter wieder einschaltete.

»Das ist sehr edel von dir, Lukas, aber das geht nicht. Du kannst doch nicht …«

»Mama, jetzt rede ich«, wies ich sie zurecht und holte tief Luft.

Ich hatte mir im Kopf alles zurechtgelegt. Nicht Wort für Wort, aber im Großen und Ganzen wusste ich, was ich sagen wollte: dass ich vorgehabt hatte, Fahrräder zu klauen, um sie auf dem Flohmarkt zu verkaufen. Wegen des knappen Taschengelds. Und dass, als ich dann ein schlechtes Gewissen bekommen und erst mit Jule und später andeutungsweise mit meiner Mutter über meinen Plan geredet hatte, es zu dem Missverständnis gekommen war, weswegen wir hier standen.

Aber ich kam nicht dazu.

Nicht mal ansatzweise.

Kaum hatte ich meine Lunge vollgepumpt, meldete sich Tim zu Wort.

»Na, dann können wir doch gehen, oder?«

Er hatte Jules Hand geschnappt und wollte sie nach draußen ziehen, aber der Polizist pfiff ihn zurück.

»Erst wenn ich das sage!«

Abrupt blieb Tim stehen und wandte sich mit Unschuldsmiene wieder um. Aber ich wusste, dass er mehr als eine Horde Hummeln im Hintern hatte.

Ich versuchte einen zweiten Anlauf für mein Geständnis.

»Ich nehme alle Schuld auf mich. Ich …«

»Lukas! Rede keinen Unsinn«, fuhr meine Mutter dazwischen und wandte sich zu dem Beamten. »Glauben Sie ihm kein Wort.«

»Ist Ihr Sohn etwa auch …«

Der Polizist machte ein Zeichen, wonach mein Oberstübchen von imaginären Piepmätzen bevölkert sein müsste. Meine Mutter schnaubte wütend.

»Unterstehen Sie sich.«

Abwehrend hob er die Hände.

»War nur eine Frage.«

»Ja, eine zu viel. Komm Lukas, wir gehen.«

Sie packte mich an der Hand und wollte mich zum Ausgang ziehen, als er mit der Faust auf den Tresen donnerte.

»Sie bleiben hier«, schrie er und bekam augenblicklich einen hochroten Kopf. »Alle! Erst will ich wissen, was hier los ist!«

Die Wirkung war verblüffend. Einen Moment waren

wir stumm vor Schreck, dann redeten alle gleichzeitig auf ihn ein.

»Ich möchte ein Geständnis ablegen, ich habe die Fahrräder geklaut und …«

»Mein Sohn hat nichts angestellt. Ich habe mir Sorgen gemacht und …«

»Sie ist mir weggelaufen, das macht sie öfters und …«

Nur Jule stand daneben, als ginge sie das Ganze nichts an.

»Ruhe!«, brüllte der Polizist. »Einer nach dem anderen.«

Wieder war es kurz still, dann ging das Chaos von vorne los.

»Ich möchte …«

»Mein Sohn hat …«

»Sie ist mir …«

»Ruhe!!!«

Ich hatte nicht gedacht, dass der Beamte so ungemütlich werden konnte.

»Also, wer fängt an?«, fragte er schwer atmend.

»Ich …«

»Mein …«

»Sie …«

Ein Schlag auf den Tresen brachte uns zum Verstummen. Der Polizist ließ seinen Blick drohend von einem zum andern wandern. Niemand von uns dreien wagte einen Mucks, ohne ausdrücklich dazu aufgefordert worden zu sein. Da meldete sich Jule zu Wort.

 »Darf ich was sagen?«

»Ich werd' verrückt«, stöhnte der Polizist. »Jetzt auch noch die Verrückte.«

»Ich bin nicht verrückt«, protestierte sie. »Das Einzige, was stimmt, ist, dass ich weggelaufen bin. Aber nur weil …«

»Jule!«

Tim blitzte sie drohend an. Sie warf ihm einen verächtlichen Blick zu.

»... weil meine Schuleschwänzerei aufgeflogen ist.«

Sein Puls musste innerhalb von wenigen Sekunden auf Höchstgeschwindigkeit gekommen sein. Jetzt konnte er sich wieder beruhigen – und mir wurde klar, warum Jule mich immer so früh an meiner Schule hatte abpassen können.

»Schuleschwänzen?«, fragte der Polizist. Auch er schien seine Betriebstemperatur langsam herunterzufahren.

»Ja«, bestätigte Jule.

»Na, das ist ja ganz was Neues. Allerdings, soweit ich weiß, nicht strafrelevant.«

»Und mein Bruder hat …«

»Jule«, zischte Tim. Sein Kreislauf musste Achterbahn fahren.

»Lass mich«, fuhr sie ihn an. Dann wandte sie sich wieder an den Polizisten: »Und mein Bruder hat dafür die Unterschrift meiner Mutter gefälscht.«

Tim biss sich auf die Zunge. Wahrscheinlich kapierte er endlich, dass er sich nur selbst reinritt, wenn er nicht die Klappe hielt.

»Urkundenfälschung. Schon eine Nummer härter«, sagte der Polizist, während er mit dem Stift auf dem Block einen nervösen Rhythmus trommelte und seinen Blick zwischen Jule und Tim hin- und herwandern ließ. »Aber wenn eure Mutter das jetzt weiß, würde ich da ein Auge zudrücken.«

»Und weil er Schiss hatte, dass das rauskommt, hat er sich die Sache mit dem …«, Jule machte das Zeichen fürs Rumspinnen, »... ausgedacht.«

Skeptisch blickte der Polizist in die Runde.

Ich traute mich nicht, etwas zu sagen. Wozu auch? Meine Selbstaufopferung war überflüssig und meine Story erschien mir auch nicht mehr so gut durchdacht. Bei der ersten halbwegs intelligenten Nachfrage wäre sie zusammengebrochen wie ein Kartenhaus im Windkanal.

Meine Mutter schien von der neuen Wendung ebenfalls überfordert. Nur Tim reagierte, nachdem Jule ihm heimlich einen Tritt verpasst hatte.

»Äh … ja, so war's.«

Das schien den Polizisten nicht zu überzeugen. Ein Blick, der selbst jemandem mit reinem Gewissen den kalten Schweiß auf die Stirn getrieben hätte, bohrte sich in Tims Seele.

»Ist das wirklich alles?«

FAMILIENTREFFEN

Dein Bruder hat Glück, er kann sich die Antwort sparen. Am Tresen ist noch Platz für weitere Gäste. Du hörst ihre aufgeregten Stimmen, als sie noch im Flur sind.

Einen Augenblick später steht deine Mutter im Raum, hinter ihr der Weinert. Sie redet gleich drauflos, so wirr wie ihr Haar und ihre ganze Erscheinung.

»Ich möchte eine … meine Tochter … bin ich hier überhaupt richtig? … oh, ich glaube, ich warte lieber draußen, Sie sind ja noch … Entschuldigung!«

Dann erst sieht sie Tim.

Dann dich.

Was jetzt kommt, hast du gerade schon erlebt, allerdings als Zuschauerin. Eine Mutter, die ihr Kind an sich drückt und gleichzeitig vor Erleichterung weint, schimpft, zittert – und immer wieder einen Namen sagt. Nur ist es diesmal deiner.

»Jule! … Jule! … Jule!«

Du lässt es über dich ergehen. In dir sind mindestens genauso viele Gefühle am Durcheinanderwirbeln: Schuld, Angst, Erleichterung, Wut – und noch hundert andere, für die du keine Namen hast.

Nach außen sieht man davon nichts.

Du stehst da, ohne dich zu bewegen. Nimmst alles um dich herum wahr wie einen Film, zu dem du nicht gehörst.

Wie Frau Erdmann peinlich berührt danebensteht, weil sie sich in deiner Mutter wiedererkennt. Weil sie sehen muss, dass auch das Monster, für das sie dich hält, eine Mutter hat.

Wie dein Bruder nicht weiß, ob er sich über die neue Entwicklung freuen soll oder nicht.

Wie Lukas euch zuschaut, so wie du ihm vor Kurzem zugeschaut hast.

Wie der Weinert erleichtert in der Tür stehen geblieben ist und vor Diskretion fast mit der Tapete verschmilzt.

Und wie der Schnauzbart wieder mit dem Stift auf dem Block trommelt und nicht den Eindruck macht, als würde er auf tränenreiche Szenen stehen.

Schließlich räuspert er sich.

»Wollen Sie Ihr Wiedersehen nicht lieber woanders feiern? So gemütlich ist unsere Wache auch nicht.« Und als er den fragenden Blick deiner Mutter auffängt, fügt er hinzu: »Oder haben Sie noch irgendwelche anderen Angelegenheiten auf dem Herzen, die die Polizei etwas angehen?«

 Dankbar schüttelt sie den Kopf und wischt sich mit

dem Ärmel ein paar Tränen aus dem Gesicht. So fest, als wollte sie sie nie wieder loslassen, schließt sich ihre Hand um deine.

Und deine drückt zaghaft zurück.

»Danke … Entschuldigen Sie … ich«, stammelt sie, immer noch so verwirrt wie ein paar Minuten vorher, aber um ein ganzes Leben glücklicher.

Er nickt ihr zu und zerknüllt die oberste Seite seines Blocks.

»Na, dann hat sich ja alles erledigt.«

Aber bevor deine Mutter mit dir in die Gänge kommt, erwacht Frau Erdmann aus ihrer Erstarrung.

»Und was ist mit der Fahrradgeschichte?«

Das ist das Stichwort für deinen Bruder, ebenfalls den Mund aufzumachen.

»Welche Fahrradgeschichte?«

Unschuldig guckt er in die Runde, während er von hinten seine Hände schützend auf deine Schultern legt. Angewidert schüttelst du sie ab.

Dafür schnappt sich Frau Erdmann die Hand ihres Sohnes. Bei ihr scheint im Kampf zwischen Mitgefühl und Rechtschaffenheit Letztere den Sieg davongetragen zu haben. Auffordernd schaut sie ihn an.

»Lukas, jetzt sag was.«

Alle folgen ihrem Blick.

»Lukas! Sag die Wahrheit!«

MEINE WAHRHEIT

Alle sahen mich an. Ich konnte ihre unterschiedlichen Gefühle und Erwartungen spüren.

Den Willen zur Wahrheit bei meiner Mutter.

Die Angst davor bei Tim.

Die Verwirrung bei seiner Mutter.

Und das Vertrauen in unsere Freundschaft bei Jule.

»Das war nur eine Geschichte«, sagte ich. »Wie ich es dir zu Hause erzählt habe, Mama. Eine Geschichte, die ich mir ausgedacht habe.«

»Lukas, sag bitte die Wahrheit!«

Meine Mutter wollte sich nicht geschlagen geben. Dabei sagte ich die Wahrheit, zumindest einen Teil davon. Was war überhaupt die Wahrheit? Was war die *ganze* Wahrheit? Wie konnte ich allein die letzten Stunden in ein paar Sätze pressen, ohne dass der Großteil dessen verschwand, weswegen ich hierstand? All das, was nicht gesagt wurde, musste das Gesagte zwangsläufig verfälschen, die Wahrheit zur Unwahrheit machen. Die Wahrheit konnte ich nicht sagen. Die konnte niemand sagen. Die gab es nur jenseits der Worte.

Noch einmal musste ich an das denken, was wir uns ausgemalt hatten: wir, die Helden des Tages! Die Hunderte von Fahrraddiebstählen aufgeklärt hatten! Da war alles so einfach gewesen. Da hatte es für mich eine Wahrheit gegeben, die die Welt eindeutig in Gut und Böse aufteilte. Die war jetzt futsch. Das Leben war kein Kinofilm. Immerhin hatte ich eine ganz persönliche Wahrheit gefunden: Alles Heldentum der Welt konnte mir gestohlen bleiben, wenn ich dafür eine Freundschaft opfern musste.

»Sag ich doch. Da war nichts. Ich hab mir das ausgedacht.«

»Und was ist mit deinem Geständnis?«, hakte der Polizist nach.

»Ist doch klar, meine Mutter hat was falsch verstanden.« Ich musste nicht mal lügen. »Und ich wollte nicht, dass wer anderes drunter leidet.«

»Aber …«

»Mama! Glaub mir doch! Was hab ich dir denn erzählt?«

Endlich schien sie sich mit meiner Entscheidung abzufinden. Seufzend nahm sie die Hände von meinen Schultern und stand auf.

»Ja, dann … hatten Sie wohl recht bei mir mit der überforderten Mutter.«

Der Polizist nickte ihr zu, als hätte er keinen Moment daran gezweifelt.

»Dann können wir jetzt gehen?«

Das war Tim. Ich sah, wie er seine Hände auf Jules Schultern legte – und sie ihn genauso wütend abschüttelte wie vorher.

Der Polizist nickte erneut.

»Wollen Sie kein Protokoll ...?«, wagte meine Mutter einen letzten Versuch.

»Nein. Wozu? Hat sich doch alles erledigt. Ich hab hier genug Papierkram.«

Er wandte sich wieder seinem Schreibtisch zu. Mit einem »Schönen Tag noch« beendete er das Gespräch.

FUSSABTRETERPOESIE

Dann steht ihr draußen. Unschlüssig, ob ihr zusammengehört oder zwei feindliche Lager seid.

Eure Mütter haben noch kein Wort miteinander gewechselt. Der Weinert im Hintergrund, ein Sicherheitsnetz für deine Mutter.

Tim macht einen auf Sieger. Aber du siehst die unsicheren Blicke, die er dir zuwirft, wenn er sich unbeobachtet glaubt.

Dazwischen du und Lukas.

»Sehen wir uns morgen?«, fragt Lukas.

»Klar«, antwortest du. »Wir sind doch ein Team.«

Kein verschwörerisches Zwinkern. Ihr braucht keine zusätzlichen Zeichen mehr. Die Worte genügen. Wahrscheinlich hättet ihr euch sogar ohne verstanden.

Einen Augenblick später zieht Lukas seine Mutter mit fort. Bevor sie um die Ecke verschwinden, rufst du noch hinterher: »Wiedersehen, Frau Erdmann.«

Aber für eine Antwort sind sie schon zu weit. Oder dein Ansehen ist so im Eimer, dass …

Egal.

Gleich danach verabschiedet sich der Weinert.

»Ich nehme an, Sie brauchen mich nicht mehr?«

Deine Mutter schüttelt den Kopf und presst die Lippen zusammen, damit sie nicht vor lauter Dankbarkeit losheult. Du weißt nicht, was zwischen den beiden passiert ist, aber du kannst es dir vorstellen. Deine Mutter, die völlig kopflos hinter dir herrennt und schon nach den ersten zwei Schritten nicht weiterweiß. Der Weinert, der beruhigend auf sie einredet, ihr Fragen stellt – »Wo könnte sie den stecken, hat sie einen Ort, Freunde, was ist mit dem Vater?« – und dann die Entscheidungen trifft, weil deine Mutter in Selbstmitleid versinkt. Wie sie die halbe Stadt nach dir abklappern und wie er sie am Ende zur Polizei begleitet, wo die beiden dich finden.

Du weißt es nicht, aber du kannst es dir vorstellen. Du weißt auch nicht, ob du ihm dafür dankbar bist. Immerhin siehst du den Weinert jetzt anders an.

Und er dich.

»Dann bis morgen, Jule.«

Es ist deutlich rauszuhören, dass er es ernst meint. Nicht als Drohung, eher als Abmachung. Darüber, dass Davonlaufen nicht mehr angesagt ist.

Du nickst, murmelst ein »Bis morgen«.

Weg ist er.

 Ein anderer hat weniger Probleme mit Reden.

»Und? Soll ich euch zum Eis einladen?«

Dein Bruder steht hinter euch und legt einen Arm um dich und den anderen um deine Mutter. Ihn abschütteln und sie mit wegziehen sind eins.

»Fass mich nicht an. Fass mich *nie mehr* an!«

»Aber Jule!« Deine Mutter kapiert nicht, was zwischen dir und ihm abgeht. »Was ist denn los? Das war doch ein nettes Angebot.«

»Erklär ich dir später. Komm jetzt.«

Als sie bremst, schiebst du ein »Bitte« nach. Mit einem Seufzer folgt sie dir. Widerstrebend, mit einem Blick zurück und einem ratlosen Schulterzucken für Tim.

Sein Siegerlächeln ist wie weggewischt.

»Dann esse ich das Eis eben alleine!«, brüllt er hinter euch her. Seine Stimme zittert vor Wut.

Aber das ist dir egal. Soll der mit sich klarkommen.

Du hast selbst noch was zu klären.

Den ganzen Weg bis zu eurer Wohnung geht ihr wortlos nebeneinanderher. Ihr wisst beide, dass ihr nicht ewig schweigen könnt. Aber ihr seid dankbar für einen Aufschub.

Zu Hause steckt deine Mutter den Schlüssel ins Schloss, öffnet die Tür und geht hinein.

Du bleibst stehen. Vor der Tür.

Verwundert guckt deine Mutter dich an.

»Kommst du?«

Du senkst den Kopf und schüttelst ihn.

»Aber … warum nicht?«, fragt sie. »Was ist los?«

Du betrachtest den Fußabtreter vor dir. Ein abgewetztes Teil, das so lange hier liegt, wie du denken kannst. Wahrscheinlich stammt es noch von eurem Vormieter. »Willkommen daheim!« steht in schwungvoller Schrift darauf. Ein Witz, denkst du. Jedes Wort ist falsch, und dabei sind es nur zwei. Aber du weißt nicht, wie du das sagen sollst. Du weißt nur, dass du so nicht weitermachen willst.

»Na, komm erst mal rein.«

»Nein.«

»Was soll das heißen? Nein?«

»Nein heißt Nein.«

Du guckst sie an – und dann entlädt sich die Anspannung der letzten Stunden, die unbeantworteten Fragen, die Vorwürfe und Selbstvorwürfe. Mit der Faust haut sie gegen den Türrahmen und schreit dich an.

»Sag mal, spinnst du? Was zickst du jetzt wieder rum? Weißt du überhaupt, was ich mir für Sorgen gemacht habe?«

Du nimmst die Aufforderung an. Du hast auch genügend Dampf zum Ablassen.

»Ja, weiß ich«, schreist du zurück. »Aber du machst dir doch ständig Sorgen. Um die Arbeit, um die Miete, um die Raten für den Fernseher, um ...«

»Jule, keine dummen Sprüche. Ich meine es ernst.«

»Ich meine es auch ernst. Nie hast du Zeit für mich.«

Deine Stimme überschlägt sich. Die Antwort liegt deiner Mutter schon auf den Lippen, aber dann schließen sie sich wieder. Wortlos. Sie sinkt auf der Türschwelle zusammen, lehnt ihren Kopf gegen den Rahmen und nimmt die Hände vors Gesicht. Damit du nicht siehst, wie ihr die Tränen über das Gesicht laufen.

»Ich hatte richtig Angst um dich.«

Sie kriegt die Worte kaum raus. Dir sitzt auch ein Kloß im Hals.

»Ich bin dir egal, stimmt's?«, fragst du.

Es klingt wie eine Feststellung.

Ihre Hände rutschen runter. Fassungslos sieht sie dich an.

»Wie kannst du so was sagen? Du bist mir nicht egal! Das weißt du. Aber ich muss arbeiten.«

»Nicht den ganzen Tag.«

»Können wir das nicht drinnen besprechen?«

»Nein.«

Wie aufs Stichwort geht unten die Haustür auf und jemand stapft die Treppe hoch. Deine Mutter wiederholt ihre Bitte mit den Augen, aber deine Antwort bleibt die gleiche.

Nein! – auch wenn sich bei dir ebenfalls eine Überschwemmung ankündigt. Soll doch die ganze Welt euer Elend sehen. Aber nur der bescheuerte Typ von oben drüber zieht vorbei.

»Na, doppelter Wasserrohrbruch? Soll ich den Klempner rufen?«

Er wiehert vor Vergnügen. Erst als sich die Tür über euch geschlossen hat, findet deine Mutter die Sprache wieder.

»Jule. Es tut mir leid.«

»Das sagst du nur so.«

Dabei bist du es, die das nur so sagt. Du weißt, dass sie es so meint.

»Jule, ich weiß, dass ich mich in letzter Zeit zu wenig um dich gekümmert habe.«

In den Augen siehst du die Bitte, ihr zu glauben. Dass sie es ernst meint. Aber das reicht dir nicht.

Du willst, dass ihr schlechtes Gewissen Konsequenzen hat.

»Wieso soll ich zu Hause sein, wenn du nicht zu Hause bist?! Dann ist das kein Zuhause.«

»Ich bin überfordert.« Sie streckt den Arm aus, ihre Finger finden deine Hand. »Und da habe ich wohl das Wichtigste aus den Augen verloren. Da hab ich euch aus den Augen verloren.«

Lange sieht sie dich an, bevor sie weiterredet.

»Na, komm her.«

Du merkst, dass sie dich an sich ziehen und umarmen will, aber das geht dir zu schnell, trotz allem. Trotz aller Tränen und Entschuldigungen.

»Nee, jetzt nicht.« Du ziehst deine Hand zurück, an den Fingerspitzen ihre Restwärme, und verlierst dich im Muster des Fußabtreters. »Wir könnten wenigstens zusammen Abendbrot essen.«

»Jule …«

»Lukas' Mama macht das auch.«

»Jule, ich …«

»Essen musst du doch sowieso!«

 Gequält schließt sie die Augen. Vielleicht fragt sie sich,

ob ihre Liebe nicht reicht. Aber das ist es nicht. Die Liebe hat nur zu wenig Platz in ihrem Leben.

»Und was ist, wenn ich Überstunden machen muss?«

»Dann essen wir eben später. Und zur Not geht's auch mal nicht. Aber das ist die Ausnahme, und nicht umgekehrt.«

»Okay. Versprochen.« Sie hat die Augen wieder geöffnet und lächelt dich an. Wie nach einem inneren Kampf, den sie gewonnen hat. »Und du erzählst mir dann beim Abendbrot von der Schule?«

Du musst schlucken, aber du nickst. Anscheinend soll sich auch bei dir etwas ändern. Gut, denkst du, das ist Teil des Spiels. Kein Geben ohne Nehmen.

»Auch von der Mathelehrerin?«

Überrascht schaust du sie an. Aber dann ist dir klar, dass der Weinert mehr mitbekommt, als du ihm zugetraut hast. Und dass er das natürlich nicht für sich behält, wenn er mit deiner Mutter die halbe Stadt nach dir abklappert. Du nickst wieder, und ein wenig bist du sogar froh darüber.

Deine Mutter hält dir die Hand hin.

»Na, dann lass uns endlich reingehen. Ich hab einen Mordshunger, und du bestimmt auch.«

Ein letztes Nicken und du ziehst sie hoch. Ihr liegt euch in den Armen und stolpert hinein. Hinter euch schließt sich die Tür.

Der abgewetzte Fußabtreter bleibt draußen.

EPILOG

Eine Woche später ist Tim zur Polizei gegangen. Dort saß derselbe Schnauzbart und hackte auf seinem Computer herum. Er hat Jules Bruder sofort wiedererkannt.

Umgekehrt auch.

»Ich glaub, Sie müssen doch noch was zu Protokoll nehmen.«

Erst hat der Beamte die Augen verdreht. Aber dann hat er fleißig mitgeschrieben, was Tim erzählt hat.

Jule hatte ihrer Mutter nichts von seiner wahren Geldquelle erzählt, die Geschichte mit der Schuleschwänzerei hatte fürs Erste gereicht. Aber während Mutter und Tochter zusammenrückten, hat Jule ihrem Bruder die kalte Schulter gezeigt. Mehr noch. Er war für sie praktisch gestorben.

Da hat er wohl gemerkt, dass er sich entscheiden musste: für seine Schwester oder für das schnelle Geld. Krieg oder Frieden.

Sechs Tage war Krieg angesagt.

Am siebten Tag wollte er eigentlich nur seinen »Job« kündigen. Aber dann hat er – genau wie in der Story, die ich meiner Mutter erzählt hatte – Stress mit seinen beiden »Kollegen« gehabt, weil die ihn nicht aussteigen lassen wollten. Das hat den Ausschlag gegeben. Gleich vom Streit ist er hin zur Beichte. Erst zur Wache und dann zu Hause noch mal dasselbe.

Entgegen seinen Erwartungen hat seine Mutter kaum geschimpft, am Ende war sie sogar mächtig stolz auf ihn. Also, nicht auf die Fahrradklauerei, sondern auf das andere. Wie er Schluss gemacht hat und so. Und Jule hat ihn fast abgeknutscht. Na ja, sie hat ihn mehr geboxt, wie das so ihre Art ist – aber ihr wisst, was ich meine.

Inzwischen ärgert er sich allerdings über seine Entscheidung. Das Geld fehlt nach wie vor an allen Enden, bei Wolffs im Allgemeinen und bei Tim im Speziellen.

Eine Verhandlung gab es auch, mit Richter und allem drum und dran. Aber weil Tim gestanden hat und es das erste Mal war und er sowieso noch nicht erwachsen ist, hat er nur Sozialstunden aufgebrummt bekommen. Also Stunden, die er in einer »gemeinnützigen Einrichtung« abarbeiten muss, ohne Geld dafür zu bekommen. Ausgerechnet in eine Fahrradwerkstatt haben sie ihn gesteckt. Fand er überhaupt nicht lustig.

Wir schon. Jule lässt keine Gelegenheit aus, ihn damit aufzuziehen.

Immerhin, wenn er sich gut macht, kann er im Anschluss dort weiterjobben. Als Aushilfskraft, die suchen jemanden. Aber gerade sieht es nicht danach aus. Arbeiten – vor allem unbezahltes – ist anscheinend nicht so sein Ding. Und reich wird man vom Fahrradschrauben auch nicht, wenn man es bezahlt kriegt.

Ich selbst habe meiner Mutter alles erzählt, aber erst nachdem ich ihr das Versprechen abgenommen hatte, nichts gegen meinen Willen zu unternehmen. Ist ihr nicht so leichtgefallen. Ich musste sie mehrfach an ihr Versprechen erinnern, damit sie nicht gleich zurück zur Polizei marschiert.

Mit meinem Vater dann das Gleiche, weil meine Mutter die Geschichte nicht allein tragen wollte. Der hat sich auch ganz schön aufgeregt. Aber am Ende haben beide eingesehen, dass ich zu Hause kaum noch etwas von mir preisgeben würde, wenn sie sich nicht an unsere Abmachung hielten. Allerdings hat meine Mutter versucht, mich umzustimmen.

»Denk an die Leute, denen die Fahrräder geklaut werden!«

Und ich dann: »Der klaut doch nur teure. Und wer sich einmal so ein Fahrrad leisten kann, der kann das auch ein zweites Mal.«

Und so weiter.

Ich hab mir ständig Entschuldigungen für etwas aus den Fingern gesaugt, das ich selbst nicht gut fand. Wobei ich irgendwann sogar begann, Tim zu verstehen. Besonders dicke hatte er es ja nicht. Und wenn alles um einen rum mit dem letzten Schnickschnack protzt …

Meine Mutter hat gut reden. »Du sollst nicht stehlen« sagt sich leicht, wenn man alles hat.

Schön waren diese ganzen Diskussionen nicht. Uns ist ein ganzes Fahrradlager vom Herzen gefallen, als Jule ins Haus gestürmt kam und von Tims Geständnis erzählt hat.

Und Jule und ich? Wir sehen uns jetzt öfter.

Na ja, zugegeben … fast täglich.

Meine Mutter hatte ein ziemlich schlechtes Gewissen wegen ihrer falschen Anschuldigungen und ihres ruppigen Umgangs mit Jule und überhaupt. Also Hausverbot war da nicht mehr, im Gegenteil.

Am Anfang haben Jule und ich häufiger DVDs bei mir geguckt, und natürlich habe ich ihr auch Star Wars Battlefront 2 beigebracht. Aber irgendwie waren wir es schnell über: Jemanden real zu verfolgen ist doch spannender, als einem Kampfdroiden mit der Maus hinterherzujagen.

Jetzt ziehen wir wieder um die Häuser.

Oder ich gebe Jule Nachhilfeunterricht. In Mathe ist sie schon besser geworden, auch wenn ich die Hausaufgaben eher für sie mache, als dass ich ihr dabei helfe. Aber wir arbeiten dran.

Sogar Frau Wolff habe ich ein paar Nachhilfestunden am Computer gegeben, leider mit wenig Erfolg. Ihren IT-Kurs hat sie auch aufgegeben, das war wirklich nicht so ihres. Und dann musste sie nach wie vor Überstunden machen, und zu Hause wollte sie mehr für die Kinder da sein, und, und, und …

Aber an der Idee mit der Fortbildung ist sie drangeblieben. Jetzt will sie was machen, was mit Menschen zu tun hat, »Personalführung« oder so.

Mal sehen, ob das besser klappt …

Es klingelt.

Ich mach Schluss, im Prinzip hab ich alles erzählt. Obwohl das natürlich nur die halbe Wahrheit ist. Wie gesagt: Die ganze Geschichte kriegt sowieso kein Mensch zwischen zwei Buchdeckel.

Außerdem wollen wir heute ein neues Spiel ausprobieren, es heißt »Asphaltpiloten«. Das Spannendste daran ist: Wir wissen selber nicht genau, wie es funktioniert. Aber die Grundidee ist grandios und der Rest wird sich ergeben. Heißt ja nicht umsonst, dass der Weg beim Gehen entsteht.

Aber losgehen muss man selber …

NACHSATZ

Du klingelst.

Ohne zu zögern.

Wozu auch? Hinter dir liegt eine Geschichte, zu der du stehen kannst. Vor dir ein Tag, der keine Bauchschmerzen bereitet.

Die Tür geht auf …

ANHANG

... und hier kommt nun mein kleines Star-Wars-Glossar.

Für alle, die keine Fans sind (aber es bestimmt noch werden).

Euer Lukas

STAR WARS – oder auf Deutsch **KRIEG DER STERNE** – ist ein ganzes Universum für sich: mit Büchern, Zeichentrickserien, Computerspielen, Kostümen, Modellbaukästen usw. Aber das Zentrum davon sind die Spielfilme. Davon gibt es bisher sechs. In Episode I – III ist Anakin Skywalker der Held, in Episode IV – VI sein Sohn Luke. Im Wesentlichen geht es natürlich um den Kampf zwischen Gut und Böse, wie bei allen großen Geschichten.

Die Guten, das sind die Jedi-Ritter, und die Bösen sind die Sith, die sich vor langer Zeit in einer weit entfernten Galaxie bekämpfen, wo es neben Menschen noch jede Menge anderer Wesen gibt. Das Ganze ist also eine Mischung aus Science-Fiction und Fantasy. Und absolut Weltklasse.

ANAKIN SKYWALKER ist der Held in Episode I–III. Am Ende lässt er sich jedoch zur dunklen Seite der Macht verführen und wird zu Darth Vader.

DARTH VADER ist in Episode IV–VI der Gegenspieler des Helden Luke Skywalker und gleichzeitig dessen Vater. Das kriegt man aber erst langsam raus. Er trägt immer eine schwarze Helm-Maske, ohne die er nicht atmen kann. Die bewirkt auch, dass sein Atem rasselt wie bei einem Tiefseetaucher und die Stimme tief und metallisch klingt.

Untergebene, die versagen, tötet er, ohne zu zögern, mit einem Würgegriff. Am Ende hält er aber zu seinem Sohn und besiegt den Imperator im Zweikampf.

GEORGE LUCAS ist der Drehbuchautor, Produzent und Regisseur der Star-Wars-Filme. Ich habe meine Eltern mal gefragt, ob sie mich seinetwegen Lukas genannt haben – aber leider bin ich nur nach einem langweiligen Großonkel benannt, der Pfarrer war.

Ein **GUNGAN** sieht aus wie die Unterwasserausgabe eines Kängurus mit Dackelohren und Froschaugen. Die Gungans können sowohl im Wasser als auch an Land leben und wohnen auf dem Planeten Naboo.

Der Planet **HOTH** ist ziemlich abgelegen und komplett mit Eis bedeckt. Ein idealer Platz, um sich zu verstecken – wenn man Lust auf Eishöhlen hat.

Der **IMPERATOR** ist der Oberfiesling Palpatine, der die Herrschaft über die ganze Galaxie an sich reißen will. Am Anfang ist er nur Senator seines Heimatplaneten, dann Kanzler und am Ende eben Imperator. Dass er gleichzeitig der mächtige Sith-Krieger Darth Sidious ist, weiß am Anfang niemand – sonst hätten ihn die Leute ja nicht zu ihrem Kanzler gemacht. Und die, die das rauskriegen, leben nicht mehr lang.

Er bekommt dabei aber auch einiges ab. Deshalb verwandelt er sich nach und nach vom aalglatten Politiker zu einer Vogelscheuche mit glutroten Augen, deren Gesicht meistens von einer dunklen Kapuze verdeckt wird.

JABBA THE HUTT ist der Chef der Unterwelt auf Tatooine, dem Heimatplaneten von Luke Skywalker. Er sieht aus wie ein aufgequollenes Chamäleon oder ein T-Rex mit Krötenkopf und ist so böse wie hässlich.

JAR JAR BINKS gehört zum Volk der Gungans und spielt in Episode I eine wichtige Rolle. Durch seine trottelige Art bringt er den Jedi-Ritter, der ihm das Leben gerettet hat, immer wieder in Gefahr. Er hat außerdem eine saukomische Art, zu sprechen.

Die **JEDI-RITTER** sind die Guten. Sie besitzen die seltene Gabe, sich für die *Macht* zu öffnen und sich von ihr im Kampf leiten zu lassen. Dadurch sind sie fast unbesiegbar. Ihre Waffe ist in der Regel ein Laserschwert.

Ein **JEDI-SCHÜLER** ist einer, der bei einem Jedi-Ritter in die Lehre geht. Da lernt er das, was die bei uns in der Schule mal unterrichten sollten –

dann würden wir wenigstens was Vernünftiges lernen.

KAMPFDROIDEN sind hochintelligente Roboter, die nur zum Kämpfen da sind. Was anderes geht nicht – und deshalb ist klar, dass sie doch nicht so intelligent sein können. Zumindest haben sie gegen einen Jedi-Ritter null Chance, weswegen sie in der Regel in Armeestärke auftauchen.

Das **LASERSCHWERT** ist die Waffe der Jedi-Ritter und der Sith: ein Schwert mit einem leuchtenden Laserstrahl als Klinge. Ein echt cooles Gerät. Aber nur wer die *Macht* beherrscht, kann vernünftig damit kämpfen. Alle anderen sind besser mit Laserpistolen und -kanonen beraten.

LUKE SKYWALKER ist der Held in Episode IV–VI. Erst weiß er das nicht, weil er ein Pflegekind ist und von dem ganzen Jedi-Kram keine Ahnung hat. Aber dann werden seine Pflegeeltern getötet und ein Jedi-Ritter nimmt ihn als Schüler an. Natürlich ist er schnell genauso gut wie sein Lehrer – und am Ende sowieso der Beste.

Die **MACHT** ist so eine Art Energiefeld, das das Universum zusammenhält, und gleichzeitig so etwas Ähnliches wie Magie. Sie hat zwei Seiten, die helle und die dunkle, wobei die helle Seite natürlich die Gute ist. Wenn man lernt, sich für sie zu öffnen, strömt sie in einen rein und verleiht übernatürliche Fähigkeiten.

MEISTER YODA ist ein alter und weiser Jedi-Ritter. Er ist aber ziemlich klein und sieht mit seiner zerschlissenen Kleidung, der grünen Reptilienhaut und den großen Ohren eher aus wie eine Mischung aus Bettler, Eidechse und Koalabär. Außerdem hat er eine etwas verdrehte Art, zu reden.

Auf **NABOO** mit seinen Wäldern, Wiesen und Seen würden meine Eltern bestimmt gerne Urlaub machen. Der Planet spielt vor allem in Episode I–

III eine wichtige Rolle, u. a. weil dort die weibliche Heldin Padmé Amidala herkommt, die auch die Mutter von Luke Skywalker und der Prinzessin Leia ist.

Prinzessin Leia ist die weibliche Heldin in Episode IV–VI. Sie ist die Zwillingsschwester von Luke Skywalker. Das finden die beiden allerdings erst sehr spät raus, da sie direkt nach ihrer Geburt zu ihrem Schutz getrennt worden ist. Zuerst wissen sie nicht, ob sie nur ein Team sind oder ob da noch mehr ist. Aber am Ende ist Leia dann mit Han Solo zusammen, dem anderen Helden aus Episode IV–VI.

Der **Rasende Falke** ist das Raumschiff von Han Solo, mit dem Luke Skywalker und Prinzessin Leia zusammen durch die Galaxie gurken.

Die **Sith(-Krieger)** sind die Bösen. Sie besitzen ebenfalls die seltene Gabe, sich für die *Macht* zu öffnen und sich von ihr im Kampf leiten zu lassen. Dadurch sind sie genauso stark wie die Jedi-Ritter. Ihre Waffe ist meist ebenfalls ein Laserschwert.

Ein **Spaceglider** ist in der Star-Wars-Galaxie so was wie ein Motorrad – nur eben ohne Räder und in der Luft.

NACHWORT

Die Geschichte von Jule und Lukas spielt in Berlin. Vieles kann man dort genauso finden, wie ich es im Buch beschrieben habe. Aber einige Plätze sehen anders aus.

Zum Beispiel die Lietzensee-Schule. Die Mauer, auf der Jule sitzt und balanciert, umgibt in Wirklichkeit eine andere Schule in einem anderen Stadtteil. Lukas könnte auch durchaus in der Pestalozzistraße wohnen, sie liegt direkt um die Ecke vom Lietzensee. Aber das Haus, wo man von einer kleinen Mauer ins Hochparterre schauen kann, steht in einer anderen Straße.

So ist es mit allem in diesem Roman: Das Gebäude als Ganzes ist ausgedacht, die einzelnen Bausteine entsprechen der Wirklichkeit.

Vielen Dank an alle, die mir beim Sammeln und Zusammensetzen der Bausteine geholfen haben.

Jörg Isermeyer

Jörg Isermeyer

Jörg Isermeyer, geboren 1968 in Bad Segeberg, reiste als Straßenmusiker quer durch Europa. Nach seinem Studium zog er die freie Künstlerlaufbahn einer Universitäts-Karriere vor und lebt heute als Schauspieler, Regisseur, Theaterpädagoge, Musiker und Schriftsteller in Bremen und anderswo. Sein Stück *Ohne Moos nix los*, das im GRIPS-Theater uraufgeführt wurde und die gleiche Geschichte wie in diesem Buch erzählt, erhielt den Berliner Kindertheaterpreis und wurde für den Mühlheimer KinderStückePreis nominiert. Sein Roman *Alles andere als normal* wurde für den Deutsch-französischen Jugendliteraturpreis 2014 nominiert und von der Stiftung Lesen mit dem Leipziger Lesekompass 2015 ausgezeichnet. Bei Beltz & Gelberg sind u.a. sein Roman *Die Brüllbande* und das Bilderbuch *Dieses Tier bleibt jetzt hier!* mit seinem Text erschienen.

Martina Wildner

Königin des Sprungturms

Roman, 216 Seiten (ab 11), Gulliver TB 74578
Deutscher Jugendliteraturpreis
Buch des Monats der österreichischen AG Kinder- und Jugendliteratur
Ebenfalls als E-Book erhältlich (74545)

Die 12-jährige Nadja kennt kein Leben ohne Karla. Tag für Tag gehen sie zum Sprungtraining – Auerbachsalto, Delfinkopfsprung. Nadjas Sprünge sind beeindruckend, aber Karla ist die Königin des Sprungturms, die die Leute zum Verstummen bringt. Doch von einem Tag auf den anderen gelingen Karla keine Sprünge mehr …

Jörg Isermeyer

Die Brüllbande

Mit Illustrationen von Kai Schüttler
Roman, 208 Seiten (ab 8), Gulliver TB 74885
Ebenfalls als E-Book erhältlich (74748)

Bastians Traum scheint zum Greifen nah. Nur eine Schaufensterscheibe und das Preisschild mit einer verrückten Zahl darauf trennen Bastian und das großartige Raumschiff. Was tun? Mehr Taschengeld ist nicht drin. Nachdem er David kennenlernt, den Straßenmusiker, hat Bastian eine Idee: Musik auf der Straße! Klasse Sache, blöd nur, wenn man wie Bastian total unmusikalisch ist. Trotzdem üben er und seine Freunde wie verrückt. Doch dann braucht sein Vater plötzlich daheim seine Ruhe und Bastians Traum scheint zu platzen …

GULLIVER www.beltz.de